ベースメント

井川楊枝

TO文庫

目次

カリスマＪＫ編

1

惨敗だった——。

大学のカフェテリアの丸テーブルに一人腰掛けた麻生綾香《あそうあやか》は、コーヒーカップに砂糖を入れ、スプーンでかき回した。あまりのショックに、十分に溶けているのに3分以上もかき混ぜ続けていたほどだった。

綾香が通う大学は都内で5本の指に入るぐらいのレベルにある。

それに、これまで読んだ本の数は、誰にも負けない自信があった。日本文学から海外文学に至るまで、名作と称される文学はほぼ読破している。ドストエフスキーの『カラマーゾフの兄弟』を原文で読んでみたくて、ロシア文学コースを選択したほどだ。実際にあの大作をはじめ、『罪と罰』も『戦争と平和』も全て原文で読み切っており、それが綾香の売りとなっていた。しかし、つい先ほど、あの出版社の面接官はそんな自分の努力を鼻で笑ったのだ。

——ロシア文学かあ。うちにも文学好きはいるけどね。編集者の仕事って、体力勝負だから。どっちかっていうと、文学みたいな狭い世界に閉じこもってる人より、体育会系のサークルに入ってる人の方が活躍したりするんだよね。

文学みたいな狭い世界？

あれが出版社の人間の言う言葉だろうか。本の中には全てがあるではないか。そこには市井に生きる人々もいれば、裁判官だって、犯罪者だっているし、親子の愛憎だって描かれている。

ラケットで球を打つことだけに学生生活を費やしてきた頭の軽い学生にはないものが、自分にはあると思っていた。なのに……。

21社の出版社に応募して、全て撃沈——それが、綾香の就職活動の戦績だった。あと1週間で夏休みだというのに、いまだに出口の見えない真っ暗なトンネルの中を歩み続けている。

「就職浪人」という言葉が頭の中で渦巻く。綾香は、大好きな本を作る仕事に携わりたかった。それが無理なら、浪人しようと思っていた。しかし果たして、両親がそれを許してくれるのかは心許ない。

ため息混じりにコーヒーカップを口元へ持って行ったそのとき、背後から声がかかった。

「よっ、綾香。まーだスーツ着てるの。苦戦してるねえ」

一番、会いたくない相手だった。綾香は、自分のテリトリーに入ってこないように、剣呑な雰囲気を醸し出してみるが、この相手には通用しない。

松本瞳は日焼けした顔に白い歯を覗かせ、丸テーブルの綾香の真向かいに座った。こいつはたとえ相手がどんな状況だろうが、平気で心の中にズカズカと踏み込んでくる奴なのだ。

瞳は、中学時代からの縁で、この同じ大学の文学部に通っている。しかし、綾香がこの大学での4年間、文学に身を捧げていたのに対し、瞳は文学の「ぶ」の字にも触れ合っていない。日々、軟派なテニスサークルに所属し、他大学のサークルと交流しながら、付き合う男をとっかえひっかえしつつ遊びまくっていた。世渡りだけはうまくて、就職活動を始めるや、早々に大手商社から内定を貰っている。

その性格も生活スタイルも、綾香とは相容れない。しかし、瞳はなぜか昔から綾香に付きまとってきた。綾香はそれがうっとうしくて仕方がない。

「もうさあ、出版社じゃなくて、他のところ受けてみたら？　どうせ今の時代、出版不況だっていうし、そんなとこ入ってもお先真っ暗でしょ」

「ほっといてよ。私はあなたとは違うんだから」

「そんな意固地になってもいいことないよ。もっと柔軟に対処しなきゃ。やってみたら意外と面白いってこともあるしさ。私ね、今の彼は6人目なんだけど、ようやく運命の人と出会えたっつーか。3番目に付き合った彼、覚えてるでしょ？　雨宮ね。あいつ、最初はすっごくいいと思ったんだけど、付き合ってみたら最悪だったし。就職も恋愛と同じだよ、同じ」

瞳の軽薄な言葉を聞いていると、胸がむかついてくる。綾香は、そっぽを向いてコーヒーを飲んだ。

「でもさあ、本が好きだったら、別に出版社じゃなくてもよくない？　本に関わる仕事なんて他にいくらでもあるじゃん」

「本屋や図書館？　私は本作りに携わりたいの。べつに瞳にあーだこーだって言われる筋合いはないから」

「いや、そうじゃなくてさ。作家とかライターとか。綾香、昔から文章書くの好きだったでしょ。ほら、中学のときの卒業文集とか、すごい話題になったし。物書きになればいいんじゃない？」

「え……」

思わぬ言葉だった。確かにライターや作家であれば、本作りに携わることはできる。いや、出版社の編集者よりも、より直接的に本と接することのできる仕事だと言えるだろう。自分の書いた文字が、そのまま本に印刷されるのだから。しかし、平凡な女子大生がそういう職に就くことはできるのだろうか。そんな疑問を覚える綾香に、瞳は言った。

「前に話したっけ？　私の叔父さんがライターやっているって。ちょっと変わった人だからさ、私もうちの家族もみんな関わりたくないんだけどね。私ももう何年も会ってないんだけど。でも、綾香が興味あるんだったら紹介してあげるよ」

そう言えば、瞳の叔父がライターだというのは、ずいぶん前に聞いたような気がする。それまで瞳のことを疎ましく思っていた綾香だったが、つい身を乗り出して話を聞いていた。

2

スマホの地図サイトを見ながら、池袋駅西口を出て繁華街を歩く。

この辺りはキャバクラや風俗店、出会い喫茶など怪しい店がひしめきあっているようだ。それに、中華料理店がやたらと目に付き、路上から中国語が聞こえてくる。

瞳からライターの猪俣の連絡先を聞いた綾香は、その後すぐに電話をかけ、今日、事務所に伺うことになっていた。

いつもなら、たとえ「付いてくるな」と言っても、お節介な瞳は構わずに付いてきたが、よほど叔父が苦手なのだろうか、今回ばかりは「後は勝手にやり取りして」と綾香に委ねた。

瞳いわく、猪俣の年齢は50歳。社会派のルポライターらしい。社会派ということは、政治家や企業の不正を暴いたりするのだろうか。綾香はいまいち想像がつかない。

ふいに声をかけられた。スーツ姿の若い男だ。

「お姉ちゃん、いい仕事があるんだけどどう？」

綾香が気のないそぶりを見せても、男は綾香の傍らを寄り添いながら話しかけてくる。

「君さ、もったいないなあ。髪の毛が重いね。身なりもちょっとなあ。もっと自分を輝かせてみない？　せっかくかわいいのに、どっか残念なんだよね。君だったらいいところまでいけると思うよ」

「けっこうです」

綾香は足早に歩き去る。初対面だというのに失礼な男である。

あれは何だったのだろうか。キャバクラか、風俗の誘いだろうか。綾香はそういうところで働く女の気がしれない。それは女の心や体を売る仕事なのだと綾香は認識している。そういうものは、お金で取引してはいけない類のもののはずだ。

繁華街の大通りを突っ切り、信号を渡ると、ラブホテルの看板がそこかしこで目に付いた。

地図アプリを見ながら歩いていく。暖簾がかかっていて、原色の赤と黄の文字で「無料案内所」の看板が出ている店の前にたどり着いた。

ＧＰＳの表示からすると、この辺りが目的地のようだ。立ち止まって周囲を眺め渡していると、案内所の中から、丸坊主でずんぐりとした体躯の男が現れた。

「君、どうかした？　店で働きたいの？」

「いえ。別に……」

「どこか探しているんだったら案内してあげるよ」

「あ、いえ……」

男が強引に「どこどこ？」と尋ねながら近づいてきたので、綾香は仕方なく目的地を言った。男は頷いて、「ああ、猪俣さんのところか」と言った。

「あそこのビルの４階だよ」

男が指さしたのは隣のビルだった。綾香は礼を言ってビルに入り、エレベーターに乗り込んだ。

先ほどの案内所というのが夜の店を案内するところだというのは、社会経験の少ない綾香にもおぼろげながら分かった。なぜ、瞳の叔父はそんな怪しい店の隣に事務所を構えているのだろうか。

4階で降りて廊下を渡ると、「猪俣事務所」というプレートの付いたドアが見えた。インターホンを押した。

ドアの向こう側から「何だよ」という不機嫌そうな声が聞こえてくる。ノブがくるりとまわり、ギョロッとした目の色黒の男が顔を覗かせた。

くせっ毛でもじゃもじゃとした頭髪で、無精ひげが伸びている。南国っぽい、濃い顔の人だった。

しかし、それ以上に目を引いたのがその恰好だ。チェック柄のシャツを羽織っていたのだが、そのボタンがちゃんと閉まっておらず、濃い胸毛が露わになっていた。綾香は目を逸らした。

「ん、何？」

「あの……瞳の紹介で、ライターの猪俣さんと会いに来たんですけど……」

「ああ。ライター志望の子か。あれ、今日だっけ？」

大きな目に戸惑いの色が浮かぶ。どうやら、この濃い顔の男が、瞳の叔父であるライターの猪俣で間違いないようだ。電話で日時を伝えたのに覚えていなかったらしい。そんなスケジュール管理でライターなど務まるのだろうか。

「そうか。参ったなあ。今取り込んでいて。あとちょっとで終わるから、申し訳ないけど少しだけ待ってて」

猪俣はそうあわただしく言ってドアを閉めた。綾香は所在なく立ち尽くしていたが、部屋の中から「何、知り合い？」という若い女の声が聞こえてきたので、ドアから離れた。

エレベーターの脇の階段をのぼって、踊り場の塀に背をもたせかけた。バッグの中からトマス・Ｈ・クックの『緋色の記憶』の文庫本を取り出す。就職活動中は海外ミステリーにハマっていて、電車の移動や、面接や試験の待ち時間などは絶えず文庫本を読んでいた。

ゆうに15ページぐらい読んだとき、ようやくドアの開く音が聞こえた。顔を上げると、女子高生の制服を身にまとった女の子と、猪俣が並んでエレベーターの方へ歩いている姿が見えた。猪俣は階段の踊り場に立つ綾香の姿に気づいて、バツが悪そうな顔を見せた。

「待たせたな。終わったよ」

「おじさん元気だねえ。また呼んじゃったんだ」

女の子が猪俣をからかう。

「バカ、この子は違うよ」

猪俣は、エレベーターに女の子が乗りこんだのを見て、踊り場の綾香を手招きした。この男は大丈夫なのだろうかと綾香はこのときになって初めて不安を覚えた。

3

事務所は15畳ほどの広さの一室だった。

机が二つ、コの字型に配置されている。小さな折り畳みテーブルが部屋の中央に配置されている。

本棚が並んでいたが、そこに収まりきらない雑誌が、部屋の至るところに乱雑に積み重なっていた。壁にはグラビアアイドルのポスターが貼られている。

綾香は折り畳みテーブルの前に座った。猪俣はグラスの中にペットボトルのお茶を注ぎながら、何やら言い訳がましく言う。

「セーラー服着てたけど、もう21歳だってよ。派遣リフレっていうから取材になるかと思ったけど、ありゃダメだな。ただのコスプレＪＫだよ。しかも手で5千、口でイチゴーとか言われてよ。ありゃ高すぎだろ」

口でイチゴー？　綾香は意味がよく分からない。

「で、ライターに興味があるの」

「ええ、まあ……。特にライターにこだわってはいないんですけど、本が好きなので、本作りに携わりたいと思って。大学ではロシア文学を専攻しています」

「へえ。ロシア文学か。いいじゃん。俺も昔はよう、ドストエフスキーとかトルストイは読んだな。ロシア人の名前ってすげえ覚えにくいんだけど、人間の業っていうかよ、すげえ深いところをえぐってるんだよな。チェーホフもロシア人だっけ？　あれも読んだぜ。短い話の中でしっかり世界の本質を突いているよな。君……ええっと、名前は……」

「麻生綾香です」

「麻生ちゃんか。いい趣味してるよ。ライター、合ってるんじゃないか」

「本当ですか？」

　これまで受けた出版社の面接では、面接官と文学の話をすることなどほとんどなかった。猪俣はライターだけあって文学にも造詣が深いようだ。胡散臭い男かもしれないと思っていたのだが、にわかに親近感を抱いた。

「俺たちの仕事はな、社会の裏をしっかり見ることだ。安くてうまいもんがあるとするだろ。じゃあ、なんで、そんないいもんが提供できるのか。裏で従業員を搾取してるんじゃないか。違法なルートから材料を手に入れてるんじゃないか。そんな可能性を考えるんだよ。そういう、ひねくれた根性の持ち主がライターになれるんだ。麻生ちゃん、君がロシア文学で学んできたことは、きっと役に立つぞ」

　どうやら自分の呼び名は「麻生ちゃん」に決まったらしい。

「私もライターになれるでしょうか」

「ああ、なれるよ。今からライターだって名乗れば、その時点からライターだ。別に資格やら何やら必要な職業じゃないからな」

「でも、私、記事の書き方とか全然知らなくて」

「そんなもん俺が一から教えてやるよ。そうそう。テープ起こししてもらいたいインタビューがあるんだ。それちょっとやってくれるか。そこに余ってるパソコンが一つあるから」

まさか会って早々、ライターとしての一歩が踏み出せるなんて思ってもいなかった。いきなりの仕事に心が躍る。

瞳はソリの合わない女だったが、猪俣を紹介してくれたことには感謝してもしきれない。実りのない就職活動で絶望的な気分に陥っていた綾香にとって、地獄に仏とはまさにこのことだった。

綾香はデスクの前に座り、デスクに置かれている赤いノートパソコンの電源を立ち上げた。猪俣から手渡されたUSBメモリを差し込み、中に保存されている音声データをハードディスクに移す。

なんでも、テープ起こしとは、インタビューの音声を聞きとって、それを文字に起こす作業らしい。もちろん初めての体験である。

「一字一句、ちゃんと聞きとらなくてもいい。あのぉとか、そのぉとか、そういうのは無視でいい。まあ、流れをおさえて、ある程度、言葉遣いはいじってもいいから。パソコンの使い方は分かるか？」

「はい。家ではよく使っています。私、けっこう文字を打つのは得意なんです」

卒業論文も含め、大学のレポートは全てパソコンで執筆している。ブラインドタッチもできた。頑張って文字を打ち込み、猪俣に認めてもらおうと意気込んだ。

ヘッドフォンを耳に装着し、音声ファイルをクリックして再生する。喫茶店でインタビューしているのだろう、背後でクラシック音楽が鳴り響き、人の話し声が聞こえた。インタビュアーは猪俣のようだ。そして猪俣の問いかけに答えているのは、若い女の子だった。

聞こえてくる言葉をキーボードで打ちこむ。

数分ほど経ってから、その手を止めて打ち込んだ文字を読んだ。


――ふーん、それで面接受けてからどうなったの？

「初めて面接を受けた時、店長はあんまり動かなくていいよって。本当にネットに書いてあった通り。ポージングを取らずに棒立ちでいいよって言われたんだけど……」

――その通りだった？

「いや。待機部屋からみんなのパフォーマンスを見てビックリしちゃった。みんな、普通に股を開いてパンツを見せているし。それをずらして具まで見えるんじゃないかってぐらいやる子もいて。四つん這いになってお尻を見せたりとか。でも周りの女の子がすっごく優しくて丁寧に教えてくれたから怖い場所ではないんだなあって。最初は恥ずかしかったけど、他の子を真似してやったって感じ」

綾香は、ヘッドフォンを外し、デスクに座って雑誌を読んでいる猪俣に声をかけた。

「猪俣さん、この人、何されてる人なんですか」

「女子高生見学クラブの子だよ」

何だろう、その怪しげな響きの店は……。

「まあ、その名の通りなんだけど、女子高生を見学する店だよ。店に入ると、まず狭く区切られたスペースに案内されるんだな。そのスペースの前方はマジックミラーになっている。で、マジックミラー越しに見るとだな、5人ぐらいのＪＫがたむろしているってわけだ。ＪＫってのは女子高生だ。それぐらいは分かるだろ？」

「はあ……」

「で、客はだな、ＪＫを見ながらいいなって思う子がいるだろ。そしたら、その子を指名して、目の前に来てもらうんだよ。ＪＫは、スカートをめくってパンツを見せてくれたりするんだ。まあ、覗き部屋みたいなもんだな。客はそれ見てシコるんだけど、マジックミラーだから、ＪＫの方からは客の様子が見えないってわけだ」

　絶句した。ここ数年、女子高生が働く「ＪＫビジネス」が話題になっていることは、ニュースを見ていたので知っていた。しかし、その詳細までは知らない。まさか女子高生がパンツを見せて、それを見た男性が自慰する店が存在しているとは……。違法ではないのだろうか。

「来月、実話誌で４ページのＪＫビジネス特集を組むんだよ。それ、俺がページ組みからライティングまで任されているんだ。女子高生見学クラブはそのワンコーナーだな。他にはリフレとかお散歩、客のインタビューとかも入れて盛りだくさんなページにする予定だ」

「それは社会的な問題として提起するんですか」

「社会的な問題？」

　猪俣は考え込んだ。予期しない言葉を投げつけられたという感じだった。この人は社会派のライターではなかったのだろうか。瞳からはそう聞いていたのだが……。

「まあ、ぶっちゃけ、俺がやってる雑誌の読者なんて、そんな大層なテーマなんて求めてないからな。かわいいＪＫの写真が載ってて、ＪＫがこんなエロいことやってるって記事があれば喜ぶって感じだから」

綾香は、床におかれている雑誌に目を向けた。強面の男が凄む、どぎつい写真の表紙が目に入る。「初めてのドヤ街生活入門」「究極の尻フェチ大研究」、「詐欺、風俗のここが噂の危ないアジト」といった文字が躍っている。

こんな雑誌、どこで売っているのか。これまでの21年間の人生で一度も見かけたことがない。

そして、目を移すと、裸の女性が表紙の雑誌もあった。エロ本のようだ。

こういう雑誌にも執筆しているのか、色々と気にはなったものの、綾香はひとまず、テープ起こしを再開した。

猪俣は質問を重ねていく。店ではどれぐらい稼げるのか。どういうパフォーマンスが人気があるのか。どういうパンツが客ウケがいいのか。

パンツのことなどどうでもいいような気がしたのだが、猪俣は妙にそこにこだわっていた。レースのついているパンツがいいのか。透けているパンツがいいのか。それとも、Tバックがいいのか。あまつさえ、今、店でどういうパンツを履いているのか、それを参考までに、写真などがあったら見せてくれないかとお願いし始める。

綾香は聞くに堪えなくなり、マウスをクリックして停止ボタンを押した。

ほんの数メートルも離れていない距離で、女子高生にパンツを見せてほしいと頼み込んでいる変態男が座っているのだ。しかも、50歳にもなるというのに。そう考えると、とたんに息苦しさを覚えた。

そして今さらながらに思い出した。

先ほどまで部屋にいた女子高生姿の女の子と猪俣は、いったい何をやっていたのだろうか。シャツのはだけた格好で玄関口に現れたということは、この事務所の中でいかがわしい行為をしていたのかもしれない。

猪俣いわく、女の子はリアルな女子高生ではなくて、21歳だとのことだ。しかし、綾香にしてみれば、お金を払ってそういう行為をする男は、すべからく嫌悪の対象である。

綾香はこの事務所から一刻も早く出ていきたい気持ちに駆り立てられる。しかしさすがに来てすぐに帰るのは憚れる。居心地の悪い気分を抱えたまま、テープ起こしを進めた。

パンツについて質問を重ねるくだりはとても聞いていられなかったので、1分ぐらい飛ばして、話題が切り替わったところから始める。

それにしても、こんな内容のテープ起こしを女である自分にお願いしてくるのは、セクハラにあたるようにも思える。この男には後ろめたい気持ちなどはないのだろうか。

窓の外が薄暗くなってきたところで、そろそろ引き上げてもいい頃合いだろうと考え、立ち上がった。

「あのぉ、帰ります」

「あ、そう。一緒にメシでも食いに行こうかと思ったんだけど」

「今日は早く帰らなきゃいけなくて」

「そうか。テープ起こしはどうだ？」

猪俣は綾香のデスクへ歩み寄り、パソコンの画面を覗きこむ。綾香は近寄ってきた猪俣から体を離した。

46分過ぎのところまでテープ起こしは終わっていた。3時間ほどの作業時間でそこまで進んだのだから割と早い方ではないだろうか。

猪俣はさらりとディスプレイの文字を眺めて、綾香に顔を向けた。

「まあ、ちゃんとできてるな。どうだった？」

「どうっていうと……」

「インタビューを聞いた感想だよ。ただ文字を打ち込むだけなら、誰だってできるだろ。これ読んでどう思った？」

「こういう世界もあるんだなあって思いました」

「ありきたりだな。まあ、線は引くなよ」

「線？」

「自分と他者の間に線を引くってのはな、想像力のない、つまんねー人生を送る奴がやることだからな」

「はあ……」

何か立派なことを言っているように思えなくもない。しかし、しょせん女子高生のパンツを見たがる男ではないかと綾香は思ってしまう。

鞄を手に持ち、玄関先へ向かう際、猪俣が綾香の背中に声をかけてきた。

「続きはいつやってくれる？　明日は予定空いているか」

「いえ、明日は授業が遅くまであって……」

「じゃあ、明後日は海の日だから休みだろ。また明後日よろしくな」

猪俣が当たり前のように言うので、綾香は断ることができなかった。

まあいい……。明日にでも改めて断りの電話を入れようと思いつつ、猪俣に頭を下げて事務所を後にした。

4

猪俣陽一――インターネットで検索してみると、裏社会をテーマに取材しているライターだと分かった。これまでに3冊の著書を出版している。特殊な風俗店をルポした「日本の異色風俗」、関東で活動している暴走族をルポした「関東暴走烈士」、元暴力団員のその後を追った「今日カタギになりました」という本である。

そして猪俣が普段、執筆している媒体は「実話系」と呼ばれている雑誌のようだ。暴力団や裏仕事、エロ、芸能の裏話などアンダーグラウンドな実情を取り上げている。綾香にとってはどれも縁遠い世界である。積極的に手に取りたいとは思わない類の本や雑誌ばかりだった。

ライターとしては経歴があるのだろうが、あまり深く関わってはいけない人だということは十分に分かった。

綾香は猪俣に電話をかけて、しっかりと関係を断ち切ろうと思った。

しかしスマホを手に取っても、電話をかけるのを躊躇してしまう。いったい、自分は何をためらっているのだろうか。

気分転換に外へ出た。

7月の燦々とした日差しが降り注いでいて、嫌が応にも夏だと実感する。

本来であれば気持ちのいい天気のはずだったが、余計に気が滅入ってしまった。この時期にはとっくに就職先も決まっていなければならないのだ。

ぼんやりと歩いているうちに赤羽駅に到着していた。そのまま改札口を通過し、埼京線に乗って池袋駅で降りた。

自分はこんなところにまで来て何をしているのだろうか。猥雑な繁華街を通り抜けて古びたビルの前にたどり着くと、一昨日と同様、ずんぐりとした体躯の案内人が無料案内所から出てきて声をかけてきた。

「お姉ちゃん。また猪俣さんのところ？」

「いえ、まあ」

「こういうとこで働きたくなったら言ってよ。お姉ちゃんならかなり稼げると思うよ。俺、色んな店に紹介できるからさ」

「……」

やっぱり来なければよかったと思い、踵を返そうとした。しかしちょうどタイミングが悪く、ビルの入り口から、ギョロリとした目の猪俣が現れた。

「麻生ちゃん、来たのか。ついさっき、急きょ取材が決まってよ。まあ、これから出かけるところだったからちょうどいい。一緒に付いてきてくれ」

案内所の男が茶化したように言った。

「猪俣さん、相変わらず、若くてかわいい子、捕まえてるねえ。前の子もかわいかったけど、この子もいいじゃない」

「鏑木さん、この子に変な誘いはしないでくださいよ。前の奴と違って、そういう冗談とか通じないから」

猪俣がそう言うと、鏑木と呼ばれた男は「ごめんごめん」と苦笑いした。

足早に街中を歩いていく猪俣を、綾香は追いかけた。自分の前にも、若い女性が働いていたのだろうか。

「売れっ子のＪＫリフレ嬢がいてさ、１日で10万とか平気で稼ぐんだってよ」

「リフレ嬢って何ですか」

「リフレっていうのは、リフレソロクジーの略。まあ、マッサージみたいなもんだよ。でも、どこのＪＫリフレ店も、千円とか2千円とかで、ハグとか添い寝とか色々とオプションがあってよ、客の目的もそれだよ。要するにＪＫと触れ合いたい男が通ってるんだな」

「キモいですね」

思わず本音で呟いた。ＪＫと触れ合いたい客という言葉に嫌悪感を覚えた。

「確かにキモい。キモいビジネスだ。じゃあ、なんで、そういうビジネスが流行ってるのか、ライターをやるんならそれを考えなきゃいけない」

綾香は考えてみた。

「それだけロリコン客が多いってことですか」

「じゃあ、なんで、ロリコン客はこんなに多いんだ？」

「なんでって……」

「ＪＫビジネスだけじゃない。今はアイドルブームで、若いアイドルグループがたくさん生まれているだろ。それに色んなところで萌え絵のポスターが貼られている。日本全国、ロリコン化だよ。なんで、急に日本はこんなにロリコン大国になった？」

綾香は言葉に窮した。

そう言えば、アイドルにしても萌え絵にしても、今の日本にはかわいくて若い女の子が溢れている。特にここ数年、増えてきた印象があるが、それには理由があるのだろうか。

猪俣の事務所は池袋駅の西口だが、目的の店は東口にあるらしい。

駅の構内を渡り歩いて東口へまわり、大通りのサンシャイン通りを歩いた。その裏手の道へ入ると、寂れた路地が現れた。ラブホテルが点在する中、女子高生姿の女の子たちが４人ほど、道端に立ってビラ配りをしている姿が見えた。

「あの子たち……」

綾香は目を見張った。

「池袋は、秋葉原と並ぶＪＫビジネスのメッカなんだよ。両方ともオタク要素のある街ってのが共通していたところだな。池袋の場合、このすぐ近くに乙女ロードがあるからさ」

「ＪＫビジネスとオタクってなんか関係があるんですか」

「大ありだよ。もともと、ＪＫビジネスはメイドビジネスから派生したからな」

猪俣は得意げに蘊蓄を語り始めた。

なんでも、メイド喫茶が生まれたのは2002年のこと。その後、『電車男』などがヒットして、『完全メイド宣言』というメイドユニットが誕生し、アキバ文化が隆盛した。2005年に『萌え』が流行語大賞を獲得し、それ以降、メイドバーやメイド観光案内、メイド耳かきなど、ありとあらゆるメイド店が秋葉原の街中に誕生したのだという。

「つまり、メイドリフレからJKリフレが生まれた。そして、メイド観光案内がJKお散歩になった。JKお散歩ってのは、観光案内って謳っているけど、実質はデートサービスみたいなもんだな。30分5000円ぐらいで秋葉原の街中をデートする。メイドがJKに変わったことで、JKビジネスブームが起こったってわけだ」

メイドとJKというのは全く別物のようにも思われるが、実は同じ萌え産業に位置づけられているのだという。

そう言えば、JKビジネスがニュースで取り上げられる際、頻繁に秋葉原の街が映し出されていた。綾香はなぜ、秋葉原なのか不思議だったのだが、そういうわけだったのかと納得した。秋葉原で隆盛したJKビジネスは、今や都内だと池袋、そして大阪や名古屋など全国に広まっているらしい。

猪俣の蘊蓄はさらに続く。一見すると、不親切でぶっきらぼうな人柄にも見えるが、取材対象のこととなると、聞いてもいないのに熱心に語り始める。こういったところは、やはりライターなのだろう。

「90年代の半ばぐらいから、女子高生の援助交際ブームがあっただろ。マスコミの中には、ＪＫビジネスと、当時の援助交際を重ねる奴らも多いけど、根本的に違うんだ。あの頃はアムラーだとかコギャルとかが流行ってたから、茶髪で顔を真っ黒にしてるＪＫらが多かった。そんで、テレクラとかデートクラブとかで自分で好きなように男とやり取りしていたんだよ。でも、今のＪＫビジネスの子らは、〝萌え〟というパッケージに包まれて、それで売られているんだ。だから、見た目はメイドやらアイドルみたいな、清楚でかわいらしい感じなんだよ。たとえ資質的には肉食系のギャルでも、オタクっぽい客にはそっちの方がウケるからな」

「売られている」という言葉に、綾香は眉をひそめる。

いたいけな少女たちが奴隷のように陳列され、エロい客たちに差し出されているようなイメージを思い描いた。

「かわいそう。まだ子どもなのに」

その言葉を聞いた猪俣は、なぜか愉快そうに笑った。何がおかしいのか分からない。ロリコンたちの餌食となっている女子高生に対して憐憫を覚えないのか。それとも、猪俣も、こうしたロリコンたちと同類なのだろうか。

「じゃあ、そろそろ行くか」

猪俣は、路上でチラシ配りをしている女子高生たちの方へ歩く。綾香も後に続いた。

5

チラシ配りをする女子高生たちの傍らを抜けて雑居ビルへ入り、エレベーターに乗った。7階で降りて渡り廊下を歩くと、「学園リフレ　欲張り天国」というプレートが貼られたドアがあった。

猪俣がインターホンを押すと、すぐにドアが開き、人のよさそうな30代ぐらいの男性が顔を覗かせた。

「取材でお伺いしました。ライターの猪俣です」

「ああ、心愛ちゃんの取材ですね。どうぞどうぞ」

男性従業員は猪俣と綾香を店内へ招き入れた。

受付の脇には、女の子のチェキが貼りつけられているボードが立てかけられていた。チェキには、「ノゾミ」や「ヨウコ」「クルミ」など、マジックで女の子の名前が書かれている。みんな、見た目が若い。本物の女子高生なのだろうか。

男性店員に続いて狭い通路を歩いていくと、カーテンで仕切られている小部屋が連なっていた。

「心愛ちゃん、取材の人が来たよ。よろしくね」

店員は一番奥のカーテンを開き、声をかけた。「はーい」という快活な声がかえってくる。

綾香は猪俣に続いて小部屋へ入った。２畳ぐらいの狭いスペースに毛布が敷かれていた。漫画喫茶の個室と同じぐらいの広さだろうか。

そのスペースの奥には、黒い前髪をパッツンと眉のあたりで揃え、セミロングの髪の愛らしい少女がちょこんと座っていた。セーラー服を身にまとっている。

顔が小さくて、目がパッチリとしていて、まるでアイドルのようだった。この子を見れば、確かに猪俣が言うように、ＪＫビジネスがメイドと同じ流れだということが納得できる。

店の壁にはオプション表が張り出されていた。「ハグ30秒　２０００円」「添い寝３分３０００円」「ラップ越しのチュー　５０００円」といった文字が記載されている。

ロリコンたちが、こんな可憐な少女に群がっている。そう考えると、痛々しかった。

猪俣は軽く挨拶して、ＩＣレコーダーをセットした。取材の対象はともかく、初めて接する生のインタビュー現場に、綾香は少なからず興奮した。

「今、年齢は？」

「17歳の高３です」

「生まれは東京？」

「いえ、千葉です」

「今は家族と一緒に？」

「はい。お母さんとお兄ちゃんがいて」

「お父さんは？」

「まあ、お父さんもいるんですけど……」

「いるけど？」

「うーん……今の私の仕事に賛成してなくて。当たり前なんですけどね」

「じゃあ、彼氏も反対してる？」

「彼氏はいません」

心愛は笑って答える。

猪俣はまるで友達に話しかけるかのように質問する。50歳だというのに、こんなに若い子と普通に接することができるのは凄いことだと思う。綾香は、心愛と4歳違いでしかなかったが、猪俣のように気軽に話しかける自信はない。

「心愛ちゃんは売れっ子なんだよね。1日10万円以上稼いでいるって聞いたけど」

「今までだと、最高で1日23万円ですね」

「それは凄い。オプションで稼げるのかな」

「はい、オプション代の半分がバックで入ってくるので。多い人だと、２万円以上のオプション料金を落としてくれたりします」

　１日23万円……。あり得ない額だ。

　猪俣は、どういう客が来るのかとか、接客のコツなどを尋ねていく。心愛はその質問のひとつひとつに丁寧に答えていた。

「ＪＫビジネスっていうと怪しいと思われたりするかもしれないですけど、ちゃんとした接客業だと思うんです。お客さんを楽しませるのが第一だから、私もすごく勉強したりします。お客さんが好きそうな美少女アニメとかゲーム、野球とか。あと、最近はマッサージも勉強してるんですよ。こういうところに来るお客さんは、本格的なマッサージは期待していないと思うけど、そんな中でも、ちゃんとしたマッサージができたらきっと喜ばれるだろうなあと思って」

　真面目な女の子なのだなと、綾香は思った。プロ意識を持ってこの仕事に当たっているようだった。とはいえ、高校生だというのに、ハグや添い寝といったオプションはどうかと思わないでもない。ＪＫビジネスというのは、悪い大人たちが、こういう健気な少女を「ちゃんとした仕事だから」などと騙して、ロリコン客を接待させているものなのだと、綾香は解釈した。ある意味、この子は洗脳されていると言えるのかもしれない。

「マッサージか。俺もライター業が長くてね、肩が凝って仕方がないんだ。ちょっとやってもらおうかな」

猪俣は図々しくもそう言って、うつ伏せに横たわった。綾香は呆気にとられた。よほど「そんなのやらなくていいですよ」とでも言おうかと思ったが、心愛は嫌な顔ひとつせず、猪俣の背中にまたがり、ツボを押し始めた。確かに本人の言うように、それは本格的なマッサージだった。

「へえ、うまいね。足ツボもやってもらっていいかな」

「いいですよ」

心愛はくるりと後ろを向いて猪俣の足を持つ。

ふと、猪俣はその手を腰の方へとやった。猪俣は、心愛が見ていないのをいいことに心愛のお尻でも触るつもりなのだろうかと思ったが、そういうわけではなかったようだ。猪俣はポケットの中に手を入れ、そこから手を枕元の方へと持って行った。何かを握っていたように見えるが、それが何だったのか分からない。

綾香は妙にその動きが気になった。猪俣はマッサージを受けながら質問を続けた。

「今までJKリフレで働いてきて、これはヤバいっていう話は聞いたことある？」

「ヤバい話ですか？　えー、何だろう……」

「心愛ちゃんが体験したことじゃなくて、誰かから聞いた話でもいいよ」

「うーん……」

心愛は考え込んでいたが、思い出したように「あ、そうそう」と言った。

「お客さんを恐喝した子がいるって話を聞いたことがあります。その女の子はお客さんにわざと手を出させるように仕向けて、警察に行くって恐喝したみたいです」

「ああ、なるほど。ＪＫに手を出したら犯罪だからね。警察に行くって言われたら払わざるを得ないよね。どれぐらいの金を恐喝するのかな」

「聞いた話だと、50万円みたいです。そういうことをされると、私たちの業界が悪く思われちゃうから、本当に辞めてほしいんですけど」

「心愛ちゃんみたいに、真面目にやっている子からしたら、迷惑な話だよねえ」

心愛は猪俣の足ツボを押しながら「本当にそうですよ」と大きく頷いていた。

部屋の隅からその様子を眺めていた綾香は心愛と目が合った。

「お姉さんもライターさんなんですか」

「まあ、ライターというか見習いというか……」

「凄いですね、そんなに若いのに。憧れちゃいます。凄く美人だし」

「美人ってそんな……」

綾香は照れた。人を喜ばせるのが得意な女の子のようだった。

「私のお兄ちゃん、ちょっと荒れてて怖いから。お姉さんみたいな人が私のお姉ちゃんだったらよかったなあ」

綾香は苦笑した。そして、私もこんな気の利く女の子が妹だったら良かったのにと思った。一人っ子の綾香は、兄妹が欲しいと思うことがたびたびあったのだ。

6

1時間ほどで取材を終え、店を出た。

「いい子でしたね、心愛ちゃん」

「そうか？」

猪俣は首をひねった。先ほどまで、あれほど親密に話していたのに、綾香は、素っ気ない猪俣の返事に戸惑った。

「最後までよそ行きの顔だったな。表面的なことしか喋らねえし。自分の心を固く覆ってるし。ありゃ、ろくな育ち方してないぜ」

「全然そんなふうに見えなかったですけど。まっすぐでまじめな女の子に見えましたよ」

「親父の話したとき、口ごもっただろ。ありゃ片親だな」

「お父さんは自分の仕事に賛成していないって言ってましたよ」

「親に自分の仕事の話するわけないだろ。だから、そもそも、いないんだよ。JKビジネスで働く子たちの片親率はハンパないからな。1日23万円ってのも、普通のオプション代で稼げる額じゃねえよ。ありゃ、裏オプに手を染めてるな」

「裏オプって何ですか」

「裏オプション。自分で勝手にオプションメニューを作って、フェラチオ1万5千円、本番4万円とかで料金を取ってるんだよ。本番4万だったら、入場料とか歩合に加えて、裏オプで5人ぐらいとやったら1日23万円になるからな」

「え、まさか……。あの子は真面目な子ですよ。なんで、そんなひねくれた見方をするんですか」

綾香は非難した。ライターという仕事をしていると、現実をありのままに見られなくなってしまうのだろうか。

猪俣はそんな綾香の反応を愉快そうに眺めた。バカにされているようで気分が悪い。

「立ち寄らなきゃいけないところがあるから、先に事務所に戻っていてくれるか。テープ起こしの続きでもやっといてくれ。聞きとった音声は律儀に書き起こさなくてもいいけど、一度は全部聞いてくれよ」

鍵を手渡された。そして猪俣はどこかへ立ち去っていくのかと思いきや、すぐ目の前にある中華料理屋へ入っていく。

あんなところに用事でもあるのだろうか。

綾香は訝しみつつ、一人、池袋の街を歩いた。数時間前までは、猪俣と関わるのはやめようと思っていたのに、当たり前のように事務所に戻る自分が不思議だった。

事務所に戻ると、綾香は椅子に腰かけ、赤いノートパソコンを立ち上げる。無料案内所の鏑木は、綾香の前に若い女の子がこの事務所で働いていたと言っていた。その女性も、このパソコンを使用していたのだろう。彼女はいったい、どういう思いで、この猪俣事務所で働いていたのだろうか。やはりプロのライターになりたいという目標があって、ここで下積みをしていたのだろうか。

テープ起こしの続きをやるため、音声ファイルをクリックした。ヘッドフォンから、猪俣と女子高生見学クラブで働く女の子の声が流れてくる。

このまえの続きにカーソルを合わせようとしたが、猪俣が別れる間際に「ちゃんと全部聞いてくれ」と言っていたのを思い出した。

ひょっとしたらと、綾香は思い至った。

猪俣は綾香のテープ起こしのファイルを事細かくチェックしたのかもしれない。そして、どういうパンツを履いているかといったくだりが、全く書き起こされていないことに気づいたのだろう。

あのくだりを聞き取れということなのだろうか。

だとしたら、セクハラもいいところである。

しかし、猪俣がそういうつもりならば、聞いてやろうじゃないか。綾香はやけっぱちな気分になり、パンツのくだりの分数に合わせて、音声を聞きながらキーボードを打った。

——どういうパンツが客にウケたりするの？

「やっぱ白かな」

——例えば、レースが付いてる清純系のやつ、それとも透けパン、Ｔバックとか？

「基本、清純系だけど、透けパンとかでも喜ばれるのかも。ただ、そこまでやってる子はいないいかなあ」

——今、香苗ちゃんはどういうの履いてるの？　ここだと見せられないだろうけど、写メとかあったら見せてくれるかな。

「えぇっ」

——取材、取材。エロい気持ちで見せてくれって言ってるわけじゃないから。

「まあ、いいけど。……（スマホから画像を取り出しているのか、しばらくの間）、これこれ。店で履いてるのは。まあ、普段は、もっと色っぽいやつ履いてるけどね」

——普段は清純じゃないんだ。

「この業界で働いてる子で、清純とかいるわけじゃないじゃん。処女のＡＶ女優とかっているのかって話だよ」

——なるほど。

「みんな、演技でいい子ぶってるけど、だいたい毎日、自分の二倍ぐらいの年のオジサンを相手にするわけじゃん。学校の友達とかに比べると、嫌でもスレてきちゃうしね。特にリフレとかだと、男と駆け引きしなきゃいけないから。裏オプの誘いとか。清純な女なんて生き残っていけない。騙し合いだよ」

——前はリフレで働いていたんだよね。

「うん。最悪だった。欲張り天国って店だったんだけど、そこの店が超ヤバくて。マジ性格悪い奴ばっかだった。特に一番の売れっ子とか、ヤバかったね」


欲張り天国……？

先ほど行った店の名前である。

にわかに心の中がざわついてくる。

猪俣は、この取材をした後に心愛にインタビューを申し込んだのだろう。心愛が一番の売れっ子かどうかは分からないが、店の中では上位ランクに入っていたことは間違いない。

心愛の愛らしい顔が頭に浮かんでくる。悪い大人に金儲けの道具として利用されながらも、健気にその仕事をこなしていた心愛――。

彼女に裏の顔などあるのだろうか……。

続きの作業をやろうとは思ったが、集中できなかった。

そして先の猪俣の行動を思い返してみると、不自然な点が幾つかあったことに思い至った。

なぜ、猪俣は取材後、あの店のすぐ近くにある中華料理屋に入ったのだろうか。

綾香はいてもたってもいられず席から立ちあがり、事務所を出て街を歩いた。猪俣が入っていった中華料理店までは歩いて10分程度の距離だ。

店に入ると、猪俣は、餃子をつまみながら、ヘッドフォンを耳に当てていた。テーブルの上には、ノートパソコンと、アンテナのようなものが伸びている煙草の箱ぐらいの大きさの黒い機器が置かれている。

綾香の姿を見た猪俣は、ヘッドフォンを耳から外した。

「おお、麻生ちゃん、どうかしたか？」

「何やってるんですか？」

「聞いてみるか？　いい具合に録音されていたよ」

猪俣はヘッドフォンを差し出してきた。パソコンの音声の出力端子に繋がっている。

ヘッドフォンを耳に装着した。猪俣がパソコンのファイルをクリックすると、男と女の声が聞こえてきた。その女が心愛だということはすぐに分かった。盗聴だった。テーブルの上に置かれているのは盗聴器なのだろう。

マッサージを受けているとき、猪俣はポケットの中に手を入れ、それから、毛布の中へ手を伸ばした。奇妙な動きだと思っていたが、きっとあのとき、盗聴器を毛布の裏に仕掛けたのだ。

「久しぶりにメールが来たから嬉しいよ。3払うからさ、また前と同じやつ、お願いしていいかな」

「うーん、いいけど……」

「どうしたの？」

「いや……まあ……」

「じゃあ、今日は4払うよ。4だったらいいでしょ？」

「あのね、野木沢さん、いつも嬉しいんだけど、ちょっと問題が起こっちゃったの」

「え、問題って？」

「私と野木沢さんがこういうことやってるってことを、私の彼氏が知っちゃったの。それで彼氏が警察に行くって聞かなくて」

「え、彼氏って、心愛ちゃん、彼氏いたの？」

「うん。黙っててごめんなさい……。彼ね、今は大学1年生なんだけど、法律を専攻してて。女子高生に手を出すのは児童ポルノ法とか、そういう法律に引っかかるから、警察に行くべきだって」

「え、なんで……だって、全部、同意の上だったじゃん。心愛ちゃんだっていいよって言ってたのに」

「ごめんね。私はよかったんだけど、彼氏が……私じゃ、もう彼を抑えられなくて。彼が警察行け、じゃないと俺が行くって聞かないの」

「いや……でも、なんで、彼氏に言っちゃったの」

「野木沢さんとやった日の晩ね、彼にも求められたんだけど、その気になれなくて。そしたら、別に男がいるだろうって話になって、野木沢さんの話をしちゃったの。ごめんね」

「……彼は警察に行くの？」

「行くと思う……でもね、ひょっとしたらそれを抑えることができるかもしれない。あの人ね、今、一人暮らししたいと考えてて、お金を欲しがってるの。野木沢さんが彼氏にお金を渡したら、黙っててくれるかもしれない……」

「いくらぐらい？」

「うーん……１００あれば十分だと思うけど、私が50ぐらいで交渉してあげるよ。50渡せたら大丈夫だと思う」

「え、そんなに」


心臓が波打った。

綾香はヘッドホンを外し、それを猪俣に戻した。

「彼氏まで引っ張り出してさ、自分が悪者にならないようにしてるんだ。この子、相当なワルだぜ。インタビューしたとき、恐喝について話していただろ。自分のこと話していたんだよ。こういうことやってる奴って、普段は猫を被っていても、どっかでそれを自慢したいって気持ちがあるんだろうな。1日23万円っていうのも、黙っときゃいいのに。その点、まだまだ甘いよ」

心の整理がつかなかった。猪俣に対する非難の言葉があふれ出てきた。

「でも、猪俣さんだって盗聴して……。これだって犯罪じゃないですか。しかも、あんな若い子を信用させて騙して。心がねじ曲がっていますよ」

「ああ、その通りだな。同じ穴の狢《むじな》さ。でもな、心がねじ曲がっていないとライターなんて務まらないぜ。まあ、餃子でも食うか。うまいぞ」

綾香はその誘いを断った。テーブルの上に事務所の鍵を置いて立ち上がり、「帰ります」と伝え、その場を立ち去った。

7

夏休み前の最後の授業が終わった。

綾香は大学のカフェテリアに行き、スマホを見た。メールボックスを確認すると、猪俣からのメールが入っていた。雑誌のＪＫ特集のゲラが仕上がったらしく、そのファイルを送るという旨の文章が記載されていた。

あれ以来、綾香は猪俣とは会っていない。電話が2度もかかってきたが、出なかった。猪俣の汚い取材手口に嫌悪感を覚えたというのもあった。それに、ほんの短時間だったとはいえ、少なからず好意を抱いていた心愛が、裏で恐喝していたという事実にショックを受けていたこともあった。

これまで、こうした人間の悪意と触れ合ったことのない綾香にとってその事実を受け入れるのは時間のかかることだった。

なぜ、彼女はあんなことをしてしまったのだろうか。

取材で見せてくれた人懐っこい顔は全て嘘だったのか。本当の彼女の顔というのは、どういうものだったのだろうか。

綾香は猪俣のメールに添付されているファイルをクリックした。

カラーで4ページのJKビジネス特集が組まれていた。

人気リフレ嬢の心愛や、見学クラブ店で働く女の子の写真が大きく掲載されている。原稿を読んだ。心愛のくだりはごく普通のインタビューだった。性格が良くて勉強熱心な心愛は、客の満足度も高くて、店で一番の人気を得ていると記載されている。他の箇所も読んでみたが、恐喝に関しては触れられていない。

拍子抜けした。猪俣は盗聴までして取材していたというのに、結局、あの事実は、自分の好奇心を満たすだけにとどめたのだろうか。

しかしメールを確認したところ、もうひとつ、添付ファイルがあることに気づいた。そちらを開いてみると、「客を恐喝する極悪JKリフレ嬢」というタイトルのページが現れた。文中は仮名になっていたが、心愛のことを書いたものだ。どうやって客からお金をむしり取っているのか、事細かくその手口が記載されている。

片方で心愛を称賛して、別の雑誌では彼女の悪事を暴き立てていたのだ。

スマホが鳴った。綾香はためらいつつも、それを手に取った。

「おっ、麻生ちゃん、やっと出てくれたか。さっき雑誌のゲラを送っといたぞ」

「読みました。両方」

素っ気なく返答した。

「どう思った?」

「まだあの子は子供だっていうのに、こんなに書いて。ひどいと思いました」

電話の向こうから、猪俣の笑う声が聞こえた。何が面白いのだろうか。

「麻生ちゃんは、どうしても、あの子らを被害者にしたいみたいだな。まあ、確かに社会の被害者だよ。家庭環境もひどそうだったしな。でも、社会の被害者だっていうなら、ああいう店に通う客も、同じぐらい被害者かもしれねえぞ」

「なんでですか？」

「今、非正規雇用者の割合が40％を越えているだろ。男も男で、低所得で、自信のねぇ奴が増えているんだよ。自分が一人前に大人になれていないんだから、大人の女とはまともに交流できない。そういう寂しさを胸に抱えた奴らがＪＫに癒されに行ってだな、ときどき、ああいう心のねじくれた女の子にガブッとやられるんだよ。昔は悪い女の子なんて見た目で分かったんだけど、ああいうところで働いている子らは、一見すると、アイドルやメイドと同じ見た目なんだから分からないよな」

そういう見方もあるのかと麻生は意外に思った。女子高生と援助交際をして、それで恐喝されたのであれば、自業自得だと思っていたのだが……。萌えが流行しているのは、そういう自信のない男が増えている日本の現状が関係しているのだろうか。

「あ、そうそう。麻生ちゃんの名前もクレジットしといたけど、名前はあれでよかったんだっけ。まあ、何か問題があったらまた教えてくれ」

電話を切った後、綾香はスマホで再び原稿を確認してみた。

「JKビジネス特集」のタイトルの下を見てみると、「文　猪俣陽一」のすぐ下に「協力　麻生綾香」の名前がクレジットされていた。ちなみに、もうひとつの「客を恐喝する極悪JKリフレ嬢」の原稿の方は、「文　畠山雄二」という、よく分からない署名が記載されている。小さなスマホの画面だったから、クレジットを見落としていたのだ。

綾香は、記事にクレジットされている自分の名前をしばし見つめた。

就職活動ではどこの会社も自分を受け入れてくれなかった。しかし、ここで初めて手を差し伸べられたような気がした。

ただし、その差し出された手は取ってはいけないものなのかもしれない――。

ひょっとしたら、それは自分を泥沼に引きずり込む、危険な誘いかもしれないのだから。

淫靡《いんび》な奥さん編

1

コンビニの入り口を入ってすぐのところに、雑誌の並んでいる棚があった。普段、綾香は書店で本を購入しており、コンビニで買うことはほとんどない。

目当ての雑誌は「実話ジャッキー」というタイトルだった。強面の不良少年が凄んでいる写真や、Tバックの女の子がお尻を突き出している写真が表紙に印刷されている。一応、一般誌のコーナーではあったが、すぐ隣はエロ本の棚である。

綾香は周りに人がいないのを確認し、実話ジャッキーに手を伸ばした。時刻は深夜に差し掛かるころであり、綾香以外には店に客がいない。しかし、雑誌を手に取って持ち上げた瞬間、自動ドアが開いて、スーツ姿の男性が入ってきた。

雑誌を棚に戻し、飲食コーナーへ歩いた。買う気もなかったが、お茶やスポーツドリンクのペットボトルを眺めた。

一週間ほど前、綾香は猪俣と電話で話した。その際、綾香は、猪俣が取材している対象は、自分の興味のあるものではないと伝え、暗に今後の付き合いを断った。しかし、自分がクレジットされている雑誌が発売されるとなると、それを記念に持っておきたいという気持ちが抑えられなくなった。好きな取材対象ではないとはいえ、なにせ、初めて大好きな本作りに携わったのだから。

ポケットの中に入れていたスマホが振動した。綾香は表示を見て眉をひそめつつも、電話に出た。

「何、こんな時間に？」

「綾香さあ、もう叔父さんのところには行ってないんでしょ。今、けっこう暇してる？」

瞳はいつも通りの能天気な声でそう問いかけてくる。

瞳には先日、猪俣との一通りのやり取りを話し、「素敵な叔父さんを紹介してくれてありがとう」と皮肉を込めてお礼を述べた。瞳は綾香の報告を聞いて爆笑したものだった。あんな叔父を紹介してくるなど、ふざけた女だった。

「暇だったら何？」

「みんなで沖縄行こうって話してて。一緒にいこ」

「行かない」

「ちょっとは考えてから返事しなよ」

「なんで、私があんたらの男漁りに付き合わなきゃいけないの」

「べつに男なんて漁らないよ。あたしだって彼氏いるし。他の子らもだいたい彼氏持ちだし。あんたはうちらのこと気にしないで、マイペースに本でも読んでいればいいよ」

「悪いけど別の人を誘って」

　綾香は電話を切った。

　きっと、みんな就職が決まっているから卒業旅行にでも行こうという流れで企画されたのだろう。そこに、就職先も決まっていない自分を誘うなど、無神経もいいところだ。それに、綾香は、瞳の友達とは根本的に性格が合わなかった。

　なぜ、瞳は全く趣味も性格も合わない自分に構い続けるのかと、綾香はときどき不思議に思う。

　中学は同じだったが、当時はクラスが別々で接点もなかった。しかし卒業後、同じ埼玉県にある私立の進学校に通うようになってから、瞳と交流が生まれるようになった。そして奇しくも大学も同じところに通うようになる。

　二人とも普段、遊ぶ友人のグループは別々だ。瞳は学内でも目立つグループに属していたが、綾香は、たいてい一人か、気の合う友人といつも二人だけでいた。そんな中でも、瞳は綾香を見かけると、いつも話しかけてくるのだった。自分の持つ何かが、瞳を惹きつけているようなのだが、それが何なのかは分からない。

またしても電話が鳴った。

中途半端な切り方をしたから、瞳がかけ直してきたのだろうかと思ったが、スマホのディスプレイを見て息を呑んだ。出ようかどうしようかと迷っているうちに留守番電話に切り替わった。しばらくして気持ちを落ち着けてから、録音を聞いた。

「よお、元気か？　夏と言えば、ホラーだろ？　今、心霊系のムックを作っていてさ、全国の心霊スポットを取材してるんだよ。ライターが足りてなくてよ、よかったら、今週末から一緒に四国を回って、記事でも書いてみるか？　興味があったら連絡をくれ」

2

高松空港で降り立ち、連絡バスで高松駅まで行く。四国は生まれて初めてだ。

指定されたロータリーの場所へ行くと、猪俣がカローラの窓から顔を出して、助手席に乗るように指示してきた。猪俣は一日早く四国に到着し、レンタカーを借りてすでにいくつか心霊スポットを回っていた。会うのは二週間ぶりぐらいだったが、猪俣はだいぶ日焼けしていて、より一層、野性味が増しているように見えた。

「毎年、夏はどこかしらの出版社が心霊本は出すんだけどな、年々、予算が減ってるから大変だよ。出版不況だからな」

　JKリフレの取材の折には、綾香は、だいぶ失礼なことを言ったような気がしたが、猪俣は全く気にしていないようだ。

「でも、こんなに遠くまで取材費が出るなんて凄いですよね」

「凄くねえよ。たった4日間で17か所も回らなきゃいけないんだぜ。四国だけで60ページも引っ張るっていうんだから、1ページ辺りの取材費にしたら超格安だよ。カメラマンも出さねえっていうから、俺が撮らなきゃいけねえ」

「でもいいんですか？　私なんかが記事を書いて」

「だって、おまえ、ライターになるんだろ？　なら、記事書かなくてどうするんだよ」

「ええ、まあ……」

「エロとか裏社会とかは自分に合いませんなんて、かしこまって電話してくるもんだから、心霊ならどうかと思って連絡したんだよ。これならお気楽でいいだろ」

　綾香としては、金輪際、付き合うつもりはないという意味合いで言ったつもりだったが、どうやら、猪俣にはそれが伝わっていなかったようだ。

　それにしても、猪俣が言うように、心霊の記事というのはお気楽なものなのだろうか。そうは思えなかった。綾香はかなり怖がりだ。映画の『呪怨』や『リング』を鑑賞したときは、正視できなくて何度も顔を伏せた。心霊スポットにも正直、行きたくはない。

それでも今回、猪俣に呼ばれて四国にまで来たのは、ライターとしてデビューできるということに惹かれたからだった。それが心霊の記事であることや、この胡散臭いライターである猪俣の紹介だということを差し引いても魅力的なことだったのだ。

「でも、猪俣さんは心霊とかも取材するんですね。意外でした。リアルなものしか興味がないと思っていたからヤクザとか、エロいものとか」

「そうだよ。俺はリアルなもんしか興味ねぇよ。」

「だったらなんで……」

「幽霊は存在しない。でも、幽霊が出るようになったバックグランドってのはリアルなんだよ。そこで惨殺事件が起こったとか、昔、処刑場だったとかな。俺はそういう裏事情を探るのが好きなんだ」

「ああ、そういうことなんですか」

綾香にとっては、幽霊と同様、そちらのリアルな実話もあまり関わりたくない類のものである。

「霊と似たもんに妖怪がいるだろ。実はあれもリアルなんだよ。そもそも妖怪が何で生まれるかっていうと、人がそいつを見て、何だかよく分からないもんを説明づけるために作りあげるんだな。昔の人が西洋人を見たら鬼だと思うようなもんだよ」

「あ、私もそういうの知っています。口裂け女だと、整形に失敗した女って説がありますよね」

「ああ、そうだな。でも、口裂け女は別の説もあるぜ。当時、子どもが塾に通いたいって親におねだりしていたんだな。でも、その家庭には子供を通わせるだけのお金がなかった。だから、母親が、塾に行って夜遅く帰ってくると、口裂け女が出てくるって子どもを脅したんだよ。ちょうど塾通いがブームになっていた頃で、そういう社会的な背景があったんだ」

「それは初めて聞きました」

「霊とか妖怪とか、そういうもんを探ってくと、色んなもんが掘り起こされるんだよ。社会の闇とかな。取材の面白さってのはまさにそこだな」

色んなものが掘り起こされるという言葉にゾッとした。今回の取材においても、何か不吉なものを掘り当ててしまったりしないだろうかと綾香は心配になってくる。

綾香は、折りたたんだ用紙を取り出した。それは四国の地図で、取材でまわる心霊スポットの場所に印がつけられていた。

1日目は香川県の計4つの心霊スポットをまわる予定となっている。

最初の場所には20分ぐらいで到着した。四国八十八カ所のお遍路巡りの場所にもなっている根香寺である。寺の前の駐車場に車を停めた。

白装束のお遍路姿の人たちが鬱蒼と木々が生い茂る境内に向かって歩いている。

「お遍路の場所なのに心霊スポットなんですね」

「あそこに公衆電話があるだろ。そこから電話をかけたら、死んだ奴が出るって噂があるんだよ。麻生ちゃん、中に入って電話かけてくれるか」

「え……、嫌です」

「俺みたいなオッサンが写真に映っても、読者からしたらおいしくないだろ。心霊スポットには若い女の子が似あうんだよ」

このとき綾香は自分が呼ばれた理由が分かった。誌面には、若い女の被写体が必要だったのだ。原稿を書かせてくれるというのは、自分を招き寄せるための餌だったのだろう。騙されたと思うが、もう後の祭りである。

公衆電話のボックスに入った綾香は、緑色の受話器を手に取った。猪俣が耳に当てろというジェスチャーをしてくる。何か妙な声が聞こえてくるのではないかと怯えながら、綾香はそれを耳に付けた。猪俣は公衆電話の外から一眼レフカメラで綾香の姿を撮った。

3

栗林トンネルはその周辺に墓や寺が密集しており、よく事故が起こると噂されている場所だ。

綾香はトンネルをバックに立たされ、写真を撮られた。猪俣は、綾香が怯える様子を見ても一顧だにせずシャッターを切っていく。

「霊でも映ってりゃ面白いんだけど、なかなか映らねえよな」

猪俣は撮った写真を見ながら残念そうに言った。この場でこの男を殺し、トンネルを徘徊する霊にしてやろうか。綾香は猪俣を呪った。

昼食を挟んだ後、車で40分ほど東へ進む。喝破道場に到着した。

建物の外壁には至るところに落書きが為され、中へ入るとゴミや瓦礫《がれき》が散乱している。廃墟だった。なんでも、ここは不良を更生するという目的で設立された施設のようだが、その過酷な訓練に耐えられなかった生徒たちが集団自殺したという噂が流れていた。

夏だというのに、うすら寒いものを感じて、綾香は身を震わせた。ここには間違いなく、たくさんの霊が漂っている。しかし、猪俣はそんなことは全く気にしていない様子で楽しげにシャッターを押していた。

「お次で今日は最後だ。幽霊池だ。その池では夜な夜な女のすすり泣く声が聞こえてくるんだってよ」

綾香は疲労困憊していて、もはや猪俣の言葉に返す気力もなかった。東京に戻ったらお祓いをしてもらおうと思うが、それまでに自分の心と体が持つのかは自信がなかった。

木々が生い茂る山が続いている。舗装されていない道へ入っていき、しばらく走ったところで車を停車した。

車を降りて、綾香は猪俣に続いて池のほとりへ歩いた。

夕暮れに差し掛かっていた。あと30分ぐらいも経てば完全に夜になるだろう。

一見すると、とりたてて何の変哲もない池ではあったが、女の幽霊のすすり泣く声がいつ聞こえてくるかと思うと、綾香は気が気ではない。夕日が池を赤く染めていた。

「香川は降水量も少ないし、大きな川もないから、ため池ばかりなんだよな。こんな小さい県だってのに、1万4千以上の池があるんだってよ」

猪俣は説明しながらカメラのシャッターを切っていく。

池の反対側に、犬の散歩をしている小学校低学年ぐらいの男の子がいた。猪俣があの男の子に話しかけてみようと提案し、池のほとりを回りこんだ。

「ねえ、君、ちょっといいかな」

猪俣が声をかけると、男の子はいぶかしそうな顔をした。

「ここ幽霊池って呼ばれてるよね。なんで、そう呼ばれているか知ってるかな」

「女の人の幽霊が出るから」

「見たことはある?」

「ううん。でも、お母さんは見たことあるって。だから、ここには近づくなって言われとる」

「君の家はどこにあるの？　お母さんから話を聞けるかな」

「いいけど、おじさんたち、どっから来たん？」

「東京だよ」

「へえ。お母さんには、この池で会ったって言わんでね」

「ああ、大丈夫。黙っておくよ」

知らない大人なのだから、もっと警戒するべきではないだろうか。綾香は、余計なお世話かもしれないが、心配してしまった。

なんでも、男の子は松本春樹という名前で、8歳だという。

街灯もろくに立っていない、舗装されていない道を歩いた。しばらく歩くと、盆地があって、眼下に家々が点在する小さな集落が見えた。

急斜面の坂道を降りて、二階建ての一軒家にたどり着く。

春樹は門扉を開いて庭の犬小屋に犬を繋いだ。それから家の中へ入っていき、「東京から人が来たよ」と声を張り上げた。

父親なのだろう、30代半ばぐらいの男性がドアから出てきた。猪俣が名刺を取り出して慇懃《いんぎん》に頭を下げて男性に手渡す。

「フリーライターの猪俣です。ちょうど、このすぐ近くで取材をしていまして、お話を聞かせていただければと思いまして」

普段のぶっきらぼうな話し方とは違い、丁寧な口調だった。

「東京から来られたんですか。それはそれは……まあ、こんなところじゃ何なんで上がってください」

不審がられると思ったのだが、意外にも男性は嬉しそうだった。こんな田舎だと、東京から来る人は珍しいのだろう。

4

肉じゃがやポテトサラダ、唐揚げなど、皿に盛られた料理が並べられていく。

「多めに作っていたから、ちょうどよかった」

奥さんはにこやかな顔で言った。美人というわけではなかったが、目が大きくて愛嬌のある女性だ。

綾香は恐縮した。夕食時ということでご飯に誘われたのだが、こんなに歓待されていいのだろうか。料理が出そろったところで、全員で手を合わせて食べた。

「いやあ、うまい」

猪俣は気後れした様子もなく、唐揚げを口の中に掻き込む。旦那さんと奥さんは、猪俣の食べっぷりを見て頬をほころばせた。

「あの池が記事になるんですかねえ。ただの池ですよ」

旦那さんは首を傾げた。

「でも、奥さんは幽霊をご覧になったんですよね？」

奥さんは戸惑いの表情を浮かべた。

「見たいうか、そげな噂を聞いたというか」

「お母さん、見たって言うたやん」

春樹が口を尖らせ、旦那さんが春樹を叱りつけた。

きっと、この奥さんは、子どもには幽霊を見たと嘘をついたのだろうと綾香は思った。

しかし、大人相手には真顔でそんなことは言えないから否定するしかないだろう。取材の収穫はなさそうだった。

猪俣は食事をしながら質問を重ねた。

「この池の噂はどういうものですか」

「えーっと、池から女の人の声が聞こえるっていうものですよ」

と奥さんが答える。

「どういう言葉か分かりますか？」

「うらめしや……とかですかね」

「普通の幽霊ですね」

ここで春樹が口を挟んだ。

「池に行ったら幽霊に足を引っ張られるんやないん？　助けてぇえって」

「助けて」というのは、幽霊にしては随分と弱気だ。旦那さんが尋ねてきた。

「ところで、今日はこの後、どうされるんですか？」

話題を逸らそうとしているかのようにも思えた。猪俣が答える。

「さぬき市の旅館を予約しているので、そこに泊まります。ここからだいぶ離れていますけど」

「何なら、うちに泊まっていったらどうですか？　2部屋空いていますよ。いやね、妹夫婦も前までここに住んどったんですが、子どもを生んでから引っ越しましてね。なあ、恵理子」

「うん、そうやね。ぜひ泊まっていってくださいな」

奥さんは猪俣を見つめて言う。

「いや、それは……」

田舎の人たちは、ここまで面倒見がいいものなのだろうか。それともこの一家が特別なのか。綾香は、ただの行きずりである自分たちをこんなにも歓待してくれる一家に驚き、恐縮しっぱなしだった。

旦那さんと奥さんにしきりに勧められたこともあり、猪俣も「お言葉に甘えて」と折れた。明日の最初の取材場所は、ここから南西にある首切峠だ。宿泊予定の旅館よりもこの松本家の方が目的地に近いという点においては好都合ではあった。

お風呂のお湯が湧いたという知らせを受け、綾香はありがたく最初に入った。今日は夏の暑い中、心霊スポットを巡りまわり、薄汚い廃墟にも入ったのだ。体を綺麗に洗い流して、心身をリフレッシュしたかった。

パジャマはなかったが、奥さんがTシャツとスウェットを貸してくれた。至れり尽くせりである。

寝室は2階の6畳の和室で、すでに布団が敷かれていた。猪俣は、壁で仕切られたすぐ隣の部屋で寝ている。

うとうとと眠りに落ちかけていたころ、男の声が聞こえてきた。

「ああ……そんな。まずいですよ」

猪俣の声のようだった。寝言だろうか。

霊など信じていないと言っていたが、何かに取りつかれてしまったのかもしれないと綾香は考え、とたんに頭が冴えてしまった。

猪俣の声は続いている。

綾香は身を起こして、音を立てないよう、壁にすり寄った。そこまで壁は厚くないので、耳をすませればはっきりと聞こえてくる。

布団がすれる音、荒い息遣い、口づけの音。男のうめき声。甘ったるい女の声……。

寝言ではなかった。

まさかと思った。しかし、そのまさかのようである。

猪俣と、あの愛らしい顔立ちの奥さんが事に及んでいるようだ。綾香は信じられなかった。

あの男は、女子高生にパンツを見せてほしいと頼んだと思えば、今度は人妻にまで手を出してしまうとは……。

その無節操ぶりには呆れてしまうより他ない。女子高生も人妻も社会的にタブーな存在だというのに。

それにしても、いつどのタイミングで奥さんと示し合わせ、彼女を部屋に誘い込んだのだろうか。綾香は疑問を覚えた。

猪俣の快楽にうめく低い声が壁を通して聞こえてくる。

「ああ、奥さん、そんなところまで……」

その声に耳をそばだてているうちに綾香は自分が勘違いしていたことに気づいた。

どうやら、奥さんの方が積極的なようだ。仮に猪俣が誘ったとしたら、猪俣が受け身になっているというのはおかしいだろう。

ということは、奥さんの方から猪俣に押し掛けたのだろうか。旦那とはだいぶご無沙汰で、久しぶりに現れた男を見て我慢できなくなったのか。綾香はこうした男女の営みの経験値は少なかったが、これまでたくさんの本を読んできたこともありそれとなく事情は推測できた。

行為は佳境に入ったようだ。

奥さんの喘ぎ声が高まる。

その声が壁を通しても十分に聞こえてきて、綾香は赤面した。

「奥さん、まずいですよ。聞こえますよ、声、もっと小さく」

猪俣が抑えた声で言う。

しかし、奥さんの喘ぎ声はとどまるところを知らない。激しく腰がぶつかり合う淫靡な音も壁を通して聞こえてきた。もはや、とても聞いてられない。

いくら奥さんから誘いかけたとしても、仮にこの件が旦那さんにばれたら、大変なことになるだろう。

綾香は布団の中に潜り込み、頭まで布団をかぶった。

5

翌朝の食卓はバツが悪いものだった。

猪俣は言葉少なに食事を口に運んでいる。

しかし、旦那さんと奥さんは何事もなかったかのように和気あいあいと食事している。むしろ昨日よりも上機嫌なぐらいだ。あんなことをしておいて、よくもまあ普通に食事できるものだと、綾香は理解に苦しんだ。

猪俣と綾香は荷物をまとめて家を出た。

旦那さんと奥さんは、玄関口でにこやかに手を振っていた。

「またこちらの方に来たらぜひ寄ってくださいね」

「ええ、まあ……」

猪俣は歯切れが悪い。

坂道をのぼっていく。振り返ると、先ほどまでいた村が見えた。全部合わせても、家は20軒ぐらいしかない。本当に小さな村だった。

幽霊池はこの集落から小道を歩いて数分のところにある。松本家を出てからというもの、猪俣も綾香も無言だった。しかし、ふと、綾香は猪俣をからかってみたくなった。

昨日、あれだけ心霊スポットでいじめられたのだから、そのおかえしである。

「昨日はだいぶ、うなされていたみたいですね」

「……そうか？」

「ええ、よーく聞こえましたよ。あんなに声あげて。旦那さんとか春樹くんとかに聞こえたらどうしようかって思っちゃいました」

猪俣は舌打ちした。綾香がお見通しだということに気づいたようだ。

「言っとくけどな、あの奥さんから押し掛けてきたんだぞ」

「ええ。分かりましたよ。でも、あんなことが旦那さんに知られたら、ただじゃすまなかったんじゃないですか。まあ、猪俣さんはアウトローライターですし、それぐらい気にしないかもしれないですけど」

「旦那も知ってるよ。ドアの隙間からずっと覗いてやがったんだから」

「え、まさか……」

「本当だよ。やってるときは気づかなかったんだけど、終わってからドアの方を見たら、ちょっと隙間が空いていて、そこに旦那の顔があったんだ。しかも、すげえ嬉しそうな顔でよ。あれにはビックリしたな」

「なんで……旦那さんも公認だったんですか」

「まあ、そういう趣味の夫婦ってところだろ。大方、あの旦那は、自分の妻が他の男とやってるのを見て興奮するタチなんだよ。やってるときは冷や冷やしてたんだけど、あんなことならもっと楽しんどきゃよかったぜ」

そんな趣味のカップルが存在するということは本で読んだことがあったが、まさか本当に遭遇するとは思わなかった。これで朝方、夫婦がそろって機嫌がよかった理由が分かった。

「あの奥さん、脱いだらすげえ肉付き良くてよ、しかも、ゴムも付けなくてもいいって耳元で囁いて……もう中がヌルヌルでよ」

猪俣が聞くに堪えない話をべらべらとしゃべり続けるので、綾香はそれを無視した。この男にはやはり、セクハラなどという概念がないのだろう。

幽霊池にたどり着いた。朝の光を浴びて水面が輝いている。昨夜、夕暮れにこの池を見たときには、今にも幽霊が浮かび上がってくるのではないかと、綾香はビクビクとしていたものだったが、これだけ日が明るいと全く怖くもない。

この池の反対側に回ったところにレンタカーを停車している。しかし、猪俣は、池のほとりに中年男が座っているのを見て、その男に歩み寄っていった。

男は何をするともでもなく、水面を眺めているようだった。

「すいません、ちょっとお話いいですか?」

男は首を回して、ぼんやりと二人を見つめてきた。生気の感じられない顔だった。

「ここ、幽霊池って言われていますよね。ご存知ですか?」

「ああ、幽霊……幽霊ね……」

男は、うつろな様子で答える。この男が幽霊なのではないかと綾香は失礼にも思ってしまった。しかし、足は普通に付いているから、人間なのだろう。

「幽霊……いますよ。今も幽霊と話していたところですわ」

男があんまりにも普通に答えたので、綾香は呆気にとられた。猪俣はバックの中からＩＣレコーダーを取り出し、録音ボタンを押した。

「その幽霊について教えてもらえますか」

男は猪俣の顔を見つめる。しばらくの間、口を開かなかった。この男は大丈夫なのかと思った矢先、男は水面に視線を向けながら訥々《とつとつ》と語り始めた。

「昔、美穂って女がおったんですよ。彼女はこの村で生まれたんですけど……」

6

美穂はこの村で生まれた。美しい子だったという。

小学校４年生の頃に福岡に引っ越したが、20歳のとき、この村に戻ってきた。なんでも両親が離婚して、美穂は母方に付くことになったらしい。そして美穂の母は、生まれ育ったこの村に愛着があったので、美穂も母親に付いてきたのだという。

「美穂ちゃんは、美しさに磨きがかかって、息を呑むほどの美人になっておった。そりゃ、村中の男が猛アタックしたさ。そんな中、美穂ちゃんを射止めたのは、幸助っていう男やった。村で一番、頭のいい奴やったな。２人は23歳のときに村で結婚式をあげたんだ」

男は訥々と語り続ける。

美穂と結婚した幸助は、高松市に支社がある電機メーカーに勤めていた。

幸助は快活で、人付き合いのいい男だったらしい。そんな性格だったこともあり、当初は技術職だったものの、就職して1年も経たずに営業職にまわされるようになったという。

ある日、幸助の会社に大阪から得意先の企業の社員が来訪した。袴田という名の40代半ばの男だった。

幸助は応対を任され、高松市を案内したという。

袴田は生まれも育ちも大阪。学生時代にラグビーをやっていたということもあり、がっしりとした体躯だったという。幸助と袴田はすっかり意気投合した。

――袴田さん、よろしければ、今晩、うちに泊まっていかれたらどうですか？

――いや。でも、女房も子供も家で待っとるし、帰らなあかんですわ。

――いやいや。せっかくですから、うちでも一緒に飲みましょうよ。最高のおもてなしをしますよ。明日は土曜日でお休みでしょ？

幸助の誘いに、袴田は幸助の家に泊まらせてもらうことにしたという。

幸助が袴田を連れて帰る旨を伝えると、美穂は戸惑いながらも、急いで食材を買い込み、手料理でもてなした。

美穂を初めて見たときの袴田は、少し戸惑ったように照れて、顔を逸らしたという。美穂は、袴田の様子が気になったものの、照れ屋なのだろうと解釈した。

その晩、夫婦はいつものように一階の寝室で布団を並べて横たわり、袴田は2階の空き部屋で寝た。

美穂はすぐに寝入ったが、しばらくして自分の体をまさぐる手を感じて目を覚ました。彼女は幸助が欲情に駆られ、手を出してきたのだろうと思った。

――あなた、今日はダメよ。お客さんが来ているでしょ。

トイレは一階にしかない。もしも、来客がトイレに来たら、夫婦が事に及んでいることに気づかれてしまうと危惧したのだ。

しかし、美穂は何かが違うと気づいた。

ハッとして振り向くと、自分の隣にいたのは幸助ではなくて袴田だったのだ。美穂が短く叫ぶと、袴田はその口を手で抑えてきた。美穂は激しく抵抗し、袴田の腕から逃れようとした。

袴田はその抵抗に動揺して美穂から体を離した。

美穂は一瞬、息をつくことができたが、直後、床に体をおさえつけられた。

――袴田さん、大丈夫ですよ。今のうちに。

――でも……ええんですか？

――ええ、大丈夫ですから。

美穂は唖然とした。その声は旦那の幸助だったのだ。

袴田は服を脱いで全裸になり、再び美穂にのしかかってきた。美穂はこの事態を把握できず、抵抗する気がうせてしまった。

全てが終わった後、幸助は、放心状態の美穂に説明した。

この村では、遠方からの客には妻を差し出すのが最高のもてなしだということ。いつ頃からその風習が始まったのかは分からないが、はるか昔から続いていたこと。美穂もそのことは承知しているものだと思っていたこと……などだ。

しかし、美穂は10歳から20歳までこの村を離れていたこともあり、そのしきたりを両親から聞いていなかった。通常、この風習に関しては、子どもが15歳ぐらいになったときに両親から説明されるものだった。

幸助から電話がかかってきたとき、「大阪からのお客さんだから、この村のおもてなしをお願いする」と言われたことを美穂は思い出した。村のおもてなしという言葉に少し引っかかったが、普通に接待すればいいのかと思い、問い返さなかった。

この一件があってから、美穂はふさぎ込んだ。そして、3か月後、自分が妊娠していることを知った。幸助と交わるときには避妊していたので、それは袴田の子だった。

――生みたくない……あんな客人の子なんて……。

美穂がそう言うと、幸助は美穂を勇気づけた。

――袴田さんはいいところの坊ちゃんでエリートや。きっとええ子が生まれるぞ。

そのときの美穂の絶望感たるや、筆舌に尽くしがたかった。ほんの少しだけ残っていた幸助への愛も砕け散った。

美穂はお腹に子を抱えたまま池へ足を運んだ。

そして月明かりが池を照らす中、身を投げた。

死体が発見されたのは2日後のことだった。

7

男の話を聞き終えた綾香は、それが現実に起こったことだとは思えなかった。よそ者に妻を差し出すなどという風習は信じがたいものだ。

しかし、昨夜、奥さんが猪俣の部屋に押し掛けてきたことや、ここが幽霊池であることは、今の男の話で全て説明がつく。

猪俣は男の話に妙に納得していた。

「この村は全部で20軒か、30軒ぐらいかな。かなり小さな村だよな。そんな狭い村の中で結婚を繰り返していると、血の繋がりが濃くなる。この村はおそらく、昔からそういった悩みを抱えていたんだろうな」

血の濃さが、劣性遺伝を生み出すということは、綾香も知識としては持っていた。病気を持っている子供が生まれてくる可能性が高くなるから、世界中どこでも近親相姦などはタブーとされているのだ。ということは、この奇妙な風習は、よそから子種を入れるための先人の知恵だったのだろうか。

しかし、だからといって、21世紀の今も、こんな風習を残しているとは信じがたいことだった。綾香の口からは非難の言葉が出てくる。

「こんなの人権侵害ですよ」

「そうかな。案外、女の方がこの風習を望んどったのかもしれんぞ。旦那とまんねりのまぐわいをするぐらいなら、たまには別の男とってな」

男は冷たく言い放つ。それまで淡々と話していたが、その言葉には感情がこもっているようにも思えた。綾香は反論した。

「だとしても、その美穂さんは少なくとも、そんなことは望んでいませんでした。村の子どもから聞いたんですけど、ここの幽霊は『助けて』って言うみたいですね。きっと、死んだ美穂さんは、自殺を決意しながらも、最後まで旦那さんに救いを求めていたんですよ」

「助けて」というのは、幽霊にしては奇妙な言葉だと引っかかっていた。生気がなかった男の顔に、にわかに血の気がさしてきた。

何かまずいことを言っただろうかと、綾香は不安になった。

「まあ、そうだな……俺がいくら反論してもそんなの詭弁なんやろ。みんな、俺が悪いって言うんやろ。そうだよ、俺が悪いんや」

その口振りが荒々しくなってくる。何を言っているのだろうか。よく分からない。

「あいつが死んだ時期になると聞こえてくるんや。ほら、耳を澄ませてみい。おい、聞こえるか、俺だよ、俺、美穂。そこにいるんやろ。……美穂、悪かったなあ。俺が無理やり、あんな男をあてがったばっかりに……おまえの苦しみなんて全然分からんかったんや……」

まさかと思った。この男が美穂の旦那、幸助だったのか――。

池の水面から何か白いものが立ちのぼってくるように見えた。

目の錯覚だろうか。

隣でうめき声が聞こえた。猪俣が大きく目を見張り、声にならない声を上げていた。猪俣は綾香よりもはっきりと、それが見えているようだった。

「麻生ちゃん、行くぞ」

猪俣ははじかれたように立ち上がり、早足にその場を立ち去っていく。

綾香はあわてて追いかけた。
男が水面に向かって語りかけている声が、背後から聞こえてくる。
綾香は泣きそうな気分になりながら猪俣を追いかけた。
やっぱり心霊スポットなんかに来るべきじゃなかった――。

生意気ＪＣ編

1

　文章を書くのは好きだったが、ライターとしての文章となるとなかなか難しい。

「まだ冗長だなあ。もっと端的に分かりやすく書けるでしょ。まどろっこしい修飾語が多すぎ。怖いって言葉を使いすぎ。そんな主観的な言葉使ってもしょうがねえから。『筈』は、はずって、平仮名にしなきゃダメだ。『事』も『其れ』も全部平仮名に。漢字使いすぎだよ」

「でも、夏目漱石は、『筈』って漢字を使ってましたよ」

「俺は漱石の友達じゃないから、どういうつもりで奴が漢字を使ったか分からねえ。でも、ライターとしては使っちゃダメなんだよ」

「はあ……」

「それから、流れもよくない。これじゃあ結局、何が言いたいのか分からないよ」

プリントした原稿を猪俣に見せるたびにダメ出しを食らっている。猪俣が取材しているのは、裏社会やエロや心霊など、ろくでもない対象ばかりだったが、長年、ライターとして活動しているだけあって、その技術は確かだった。プロから直々に指導を受けられるのは幸運なことだと、綾香は素直にありがたく感じた。

すでに四泊五日の四国取材から戻って5日が経っている。計17か所の心霊スポットを巡りまわったが、綾香が原稿を担当しているのはそのうちの4箇所だ。

東京に戻ってきてからというもの、連日、綾香は猪俣の事務所に通い詰めて、朝から晩まで書き続けている。しかし、いまだに1本もOKの出た原稿は仕上がっていなかった。

原稿執筆の合間には、出版社宛ての請求書を書いたり、事務所の掃除をしたり、お茶を入れたりと、事務員としての作業もしている。すっかり猪俣事務所の一員になっていた。

画面とにらめっこしつつ考え込んでいたとき、インターホンが鳴った。

「麻生ちゃん、出て」

猪俣に急かされ、綾香は玄関口へ歩いた。

ドアを開けると、いかつい顔の男が現れた。薄茶色のレンズのガラの悪いサングラスをかけている。半袖のシャツの腕からは青い刺青がチラリと見え隠れしていた。年齢は

30代半ばぐらいだろうか。

「姉ちゃん、ここの人？　猪俣さん、また若い女の子雇ったんだ」

ドスのきいた声で尋ねられる。恐ろしさに息を呑んだ。

男は部屋の中に向かって声を上げた。

「猪俣さーん、近くに来たからちょっと寄ったよ」

「ああ、大河原君か。久しぶり」

部屋の奥から猪俣の声がかえってくる。この強面の男は猪俣の知り合いのようだった。

綾香は、ドリップコーヒーにお湯を注ぎ、大河原と呼ばれた男と猪俣にカップを差し出した。

そしてデスクの前に座って再び原稿の続きを書こうとするものの、隣で交わされている会話が気になって仕方がない。

「俺もね、堅気になったことだし、もっと世のため人のために貢献しようと思ったのよ。それでね、一都三県フルブルーム計画を立てたのよ。この大河原、地球に優しい、エコな男になろうと思ってね」

「一都三県フルブルーム？」

「カルフォルニアから帰ってきた後輩に大麻を栽培させたのよ。こいつがドッカーンと育っちゃってね。こいつはいいと思って、一都三県でやろうってことよ」

「大河原君、それまずいよ」

「何がまずいの。ヤクザなんて、みんなシャブきめてシャキーンってなっているからダメなのよ。余計な抗争やって女房殴って、周りをみんな不幸にしてるでしょ。大麻吸ってりゃ平和なの。大麻なんて全然害はないし、今はアメリカもヨーロッパも当たり前になってきているんだから」

「それは海外の話でしょ。日本はそういう法律になっていないから。大河原君、もっと違う仕事したほうがいいよ」

　2人の話を聞いていると、猪俣がまともな人間に見えてくるから不思議だった。

「そうそう、仕事、仕事ね。今日はその話をしにきたの。俺、今、派遣の仕事もやってるのよ。今はみんな仕事ないわけじゃない。それでね、俺、そういう恵まれない人たちに仕事を分け与えてるの。言ってみればボランティアよ」

「それはまともな仕事なの？」

「まともまとも。NPO的な？　最近は関西の方から人を手配してね、現場に派遣したりしてるの。でも、顎足枕とか大変じゃない。それで困っててさ。仕事が決まるまで、ずーっと、そいつらをホテルに泊めなきゃいけないでしょ。その金がバカにならなくてさ。猪俣さん、泊めてやってくれない？」

「え？」

「まあ、ここ、そこらへんの物とかどかしたら寝れそうなスペースあるでしょ。机の下とかで寝かしても全然大丈夫だし。2、3日でいいから」

「いや、だって、ここは事務所だし……」

「まあまあ、大丈夫大丈夫。俺と先生の仲じゃない」

どうも妙な会話の流れになっているようだ。綾香は全く仕事が手に付かない。この元ヤクザの男は頭が大丈夫なのだろうかと思ってしまった。この汚い事務所を見て、ここなら泊められると考えるのはどうかしているとしか思えない。

「大河原君、そうそう。紹介するの忘れていた。うちのデスクの麻生ちゃん。若く見えるけど、最近はね、ここの事務所の管理とかは彼女に一任しているんだ。彼女と相談してもらっていいかな？」

いきなり話を振られた綾香は戸惑った。いったい、いつから自分はこの事務所の管理者になったのだろうか。

猪俣が目配せしてくる。どうやら自分は管理者として大河原のお願いを断らなければならないらしい。

大河原は立ち上がり、綾香の机の傍らに歩み寄ってきた。そのでかい図体と強面の顔は威圧感たっぷりだ。

「あの……うちは事務所なので……」

途切れ途切れにしか声が出てこない。

「いやあ、べっぴんさんで仕事もできる。いいじゃないですか。前の子もかわいかったけど、あなたもとてもお美しい。いい奴、連れてくるんで、よろしく頼みますよ」

大河原はバカ丁寧なぐらいに笑みを浮かべ、慇懃にお辞儀してきた。

「……はい」

綾香はうなずいた。猪俣が苦虫を潰したような顔をしているのが視界の隅で見えた。

2

なぜか押し入れの中には布団が畳んであった。この布団は取材のときにときどき使っているらしい。どういう取材で使っているのかと思ったが、どうせろくでもない答えしか返ってこないだろうと思って尋ねなかった。ベランダに布団を干し、手で叩いた。

部屋に戻ると、猪俣がしんみりとデスクの前に座っている。

「どういう人が泊まるんですかね」

「ろくな奴じゃないよ。大河原君が斡旋する奴だし」

猪俣は投げやりに言った。

「大河原さんって、猪俣さんとどういう関係の人なんですか?」

「どういう関係って……まあ、昔から世話になっている人でさ」

「どういうふうにお世話になったんですか」

「まあ、いいじゃん……」

「大河原さんがまた事務所に来るようでしたら、私も知っておいたほうがいいと思うんですけど」

知っていれば、まだあの男への対処のしようがあるかもしれない。猪俣は仕方なくといった様子で語り始める。

なんでも、猪俣がかつて暴走族の取材をした際、そのグループのケツモチとして現れたのが、あの大河原だったらしい。当時、大河原は関東の暴力団の二次団体に所属し、若頭補佐という役職だったという。大河原は、猪俣が執筆する実話系の雑誌の愛読者だったこともあり、その後も何かあるたびに猪俣に連絡を取ってきた。違法建築の現場、恐喝現場の真相、芸能界の裏事情など、大河原が提供するネタは多岐に渡っており、しかもその大半がスクープだったという。

「大河原君は、若手の組員の中じゃ勢いがあってね。組の出世頭だった。でもね、彼、突然ヒップホップとかにハマって、そこから狂っちゃったんだな。和彫りをびっしり入れていたんだけど、洋モノのタトゥーを手の甲とか、首の後ろとかに入れ始めて。それに、毎年、組のカラオケ大会っていうのが恒例行事であったんだよ。みんな演歌とか歌う中、彼はそこで、自作のラップを歌ってね、それが『おまえら、ヤクザ、それでいいのかYO！』みたいな歌詞だったんだよ、親分連中には大ヒンシュクだよ。そんなときにちょうどシャブにハマって、ポカやりまくって破門。で、今はカタギになったんだけど……」

暴力団の事情などはよく分からなかったが、とりあえず凄い人なのだということは分かった。

ドアの開く音がした。

誰だろうと入り口を見ると、女の子が立っていた。ジャージを身にまとっていて、キャリーバッグを引っ張っている。

「うわっ、汚っ……」

女の子は挨拶もなく、部屋にずかずかと入ってきた。

「あの、君は？」

「ここに来いって言われたんだけど」

猪俣は目が点になっている。

「ああ、大河原君の紹介か。でも、君、女子高生だよね？」

「うち？　中学生やけど」

「中学生？　大河原君からは仕事を派遣する子を泊めてくれって言われていたんだけど

「……何の仕事するの？」

「ん、何……この本」

女の子は床に置かれている雑誌に興味を抱いたらしく、それを手に取った。怪しい実話系の雑誌である。そして勝手に来客用の椅子に腰かけ、その雑誌を読み始めた。

質問を投げかけたのに、それを無視された猪俣は、顔をしかめた。この子とはまともにコミュニケーションが取れないと思ったのか、猪俣は女の子から視線を外し、パソコンのキーボードを打ち始めた。大河原が事務所に来てからというもの、猪俣は調子が狂ったのか、どうもいつもの精彩がない。

名前すら聞いていないというのに、ここでコミュニケーションを打ち切るのはまずいだろうと、綾香がやり取りを引き継いだ。

「名前はなんて言うんですか？」

距離感がつかめず、だいぶ年下の女の子だというのに敬語を使ってしまう。

少女は自分が話しかけられたとは気づかなかったのか、雑誌を読みふけっていた。しかし、しばらくしてから、自分への質問だと気づいて、綾香を見て「うち？」と言った。

綾香は頷いた。

「星来《せら》。星が来るって書いて、星来」

「どこから来たんですか？」

「大阪」

言われてみれば、少女の言葉は関西訛りだった。

「お父さんとかお母さんは何やってるんですか？」

「うちのおとんとおかんが、あんたに何か関係あるん？」

「ごめんなさい」

綾香は謝った。

綾香は星来と交流することを諦め、原稿を執筆した。星来は雑誌を読みながら、「これ、えぐいわあ」とか「ありえへん」などと声を上げている。どうにも少女が気になってしまい、仕事に集中できない。それは猪俣も同様で、何度も舌打ちしていたが、星来は気にした様子もなかった。

綾香はデータをUSBドライブに保存し、ノートパソコンを閉じて立ち上がった。家で続きをやることにしたのだ。ここ数日、夜遅くまで事務所に通い詰めだったから、たまには早く帰りたかった。

「お先に失礼します」

玄関口へ向かうと、猪俣が「麻生ちゃん、待って」と声をかけてきた。

「俺も一緒に帰るよ」

よほど、あの少女と2人きりになりたくないのだろう。綾香は猪俣とともにエレベーターに乗り込んだ。

「大丈夫ですかね、あの子一人置いといて」

「大丈夫だろ。ああいうガキは外に放り出しても、一週間ぐらいは平気で生きてるよ。金もいくらか持ってるだろうから、勝手にコンビニとかでメシ買って食ってるだろ」

「いや、そうじゃなくて、事務所のものとか盗まれないですか？」

猪俣はその可能性に初めて思い至ったようだった。ギョロッとした目を更に大きく見開き、考え込んだ。

事務所にはパソコンや、その周辺機器、一眼レフのカメラなど、そこそこ高価な機材がそろっている。また、ハードディスクの中には、猪俣がこれまでの取材で蓄積してきた重要なデータが保存されているはずだ。

星来がどれぐらい、そういったものの価値を知っているかは分からない。しかし、盗まれる可能性は十分にあるだろう。あの子はどう見ても手癖が悪そうだった。

エレベーターが一階に到着した。猪俣は郵便受けの前で思案げに立ち尽くした。そして出てきた結論は信じがたいものだった。

「麻生ちゃん、今晩、事務所に泊まって、あの子の様子見てくれない？」

「え、嫌ですよ」

「俺は原稿書かないといけないんだよ」

「私だって、原稿書かないと……」

「最悪、麻生ちゃんは原稿が遅れても、俺がカバーすることができる。でも、俺が遅れたら、もう終わりだ。納期を過ぎると、猪俣事務所の信用もがた落ちだ。麻生ちゃんの仕事ももう斡旋できなくなっちゃうぞ」

「はあ……」

それはもっともらしい言い分のようにも聞こえるが、そもそもの原因は、猪俣が大河原のお願いをしっかりと断らなかったからだ。なぜ、社員でもない自分が、そんな責任を取らなければならないのだろうか。

「じゃあ、よろしくな」

猪俣はポンと綾香の肩を叩いて去った。綾香は唖然とその後ろ姿を見送った。この男は本当にクズだ。事務所に泊まるとなると、同居する両親には今日帰らない旨を伝えなければならないが、何と言えばいいのか悩む。

事務所に戻った綾香は、ノートパソコンを開いて原稿の続きを執筆した。

星来は綾香が戻ってきた姿を見て、疎ましそうな表情を浮かべた。一人になって羽を伸ばしていたのに邪魔者が戻ってきたという思いなのだろうか。それともこちらが危惧したように、事務所の中で金目のものを盗む算段でもしていたのだろうか。

綾香は極力、星来を意識しないようにしつつ原稿に集中した。

香川の幽霊池の原稿に取り掛かる。幽霊が池から立ち上ってくるくだりを描写しているとき、奇妙な声が聞こえてきた。ブツブツと呟く若い女の声である。

綾香はゾッとしたが、何のことはない。

星来だった。雑誌でも読んでいるのだろうかと思ったが、星来の手に握られていたのは、プリントされている紙だった。

綾香は耳を澄ました。

「猫が大好きで道端で見つけたらついつい拾ってきちゃうんです。お母さんには怒られるんですけど、お母さんも猫が大好きだから、最終的には許してもらって。近所からは猫姉ちゃんって呼ばれています」

標準語で綺麗なイントネーションで喋っていた。こういうふうに喋ることもできるのかと意外に思った。綾香はスマホでメールを見るふりをして、録音アプリを立ち上げボタンを押した。

そして録音データをパソコンに取り込み、「女優目指してるみたいですよ」という一文とともに、それを猪俣のパソコンにメール添付で送っておいた。

3

布団は一セットしかない。

そこで、綾香は上布団、星来は下布団を使用して、それぞれ事務所の空いているスペースに敷いて横たわった。夏だったので、体の上に何もかけなくても寒くはない。しかし、年頃の乙女に、こんな汚い事務所に泊まるように強いる猪俣の神経は改めて疑わざるを得ない。

翌朝、目を覚ますと、星来はまだ寝ていた。

綾香は事務所を出て、朝の陽ざしを浴びながら散歩した。携帯電話が鳴ったので見てみると猪俣だった。

「麻生ちゃん、すぐ近くのファミレスで仕事しているんだけど、ちょっと来てくれるか」

事務所に泊まれと言ったり、ファミレスに来いと言ったり、身勝手な男だ。

ファミレスに入ると、猪俣は喫煙席でノートパソコンを広げ、原稿を書いていた。綾香は猪俣の向かいに不機嫌さを押し出しつつ腰を下ろした。猪俣はそんな綾香の態度など意に介さずに言った。

「あの送ってくれた音声ファイルあるだろ。あれ、まずいな……」

「まずいって、何がですか？」

「詐欺だよ。たぶん」

「え……」

「昔、詐欺事務所の奴らを取材したんだけどさ、受け子やる奴には、ああいうセリフの練習とかさせるんだよ。受け子ってのは、お金を受け取りに行く役割のことだな。昔は、銀行で金をおろすのが主流だったから、出し子だったんだけど、今はじかに会うのが主流。だから、演じなきゃいけない。例えば、『あなたの孫が会社でヘマしちゃって、その損害金を受け取りに来ました』とか、同僚のフリして会うんだよ。まあ、たいていの場合、会社の同僚って設定だよな」

「あの子、どう見ても、社会人には見えないですけど……」

「耄碌したお年寄りとかだと、それでもばれないんだよ。受け子のギャラは末端だけあって安くてさ、せいぜい数十万円で、ひどい場合は10万円以下。なのに、逮捕の可能性は一番高いだろ。とてもリスクに見合っていない。だから、最近は全然、関東でやり手が見つからなくてさ。関西まで探しに行って、それでも見つからない場合は、女子中学生とかにやらせたりしているんだよ」

猪俣いわく、２０１３年８月には東京都足立区の少女、２０１４年10月には越谷市に住む少女が、振り込み詐欺に加担したとして逮捕されているという。二人とも15歳の女子中学生だったようだ。星来と同い年である。

「まずいじゃないですか。あんな子がお金を受け取りに行ったら、逮捕されちゃいますよ」

「まあ、これは俺の推測だからな。そう決まったわけじゃないけどな」

「じゃあ、星来ちゃんに問いたださないと。そして犯罪だったら止めないと」

「ダメだ。そんなことしたら」

思いもよらぬ猪俣の強い口調に、綾香は気圧された。

「……なんでですか？」

「仮にそれが詐欺だと分かったとするだろ。なのに、その犯罪を止められなかった場合、あの子を事務所に泊めたということで、俺たちが共犯扱いされる可能性がある。詐欺ほう助だ。今のままだったら、あの子が何をやるのか知らない。仮に突っ込まれても、何も知らなかったで済むんだよ」

「黙って犯罪を見過ごすんですか？」

「見過ごすんじゃない。それが犯罪かどうかなんて、まだ分からない。ひょっとしたら、女優になりたくてセリフの練習をしていたのかもしれない。じゃあ、分からないままでいいじゃないかってことだよ」

「それはおかしいと思います」

猪俣は目を見開いた。まさか綾香に反論されるとは想定していなかったのだろう。猪俣は何か言おうとしたが、それを思い直したのか口をつぐんで、

「とりあえず、仕事の続きをしといてくれ」

と力なく言った。綾香は席を立ちあがり、ファミレスを出た。

このまますぐに事務所に戻って仕事をする気にはなれず、池袋の街を歩いた。

猪俣は、その犯罪を止められなかったときに共犯になる可能性があると言ったが、おそらく、大河原との関係上、大河原の仕事の邪魔をするようなことはできないのだろう。

しかし、犯罪に手を染める女の子を、事務所に泊めてくれと頼んでくる大河原の方がどう考えても悪い。いくら取材で世話になっているとはいえ、大河原に怒ってもいいのではないだろうか。それとも、猪俣は、綾香には語れないような引け目が、大河原にあるのだろうか。

ゆうに1時間ぐらい散歩してから事務所に戻ると、テーブルの上にサンドイッチやおにぎりが置かれていた。意外ではあったが、猪俣は戻っていて、デスクで作業しながら、おにぎりを食べていた。

「麻生ちゃん、遅い。先に食っていたぞ」

お腹が空いていたこともあり、綾香は椅子に座っておにぎりを手に取った。

「麻生ちゃんはこの会社の社員なん？」

星来にも麻生ちゃんと呼ばれ、綾香は戸惑った。

「社員じゃなくて見習いのライターなんですけど……」

い。

普段は饒舌な猪俣も、この15歳の少女のことは苦手なのか、全く話をしようとはしな

星来の口振りは小馬鹿にしたものだった。会話はそれきり途絶えた。

「ふーん。見習い」

綾香と猪俣は、それぞれの席で原稿の執筆をした。星来は昨日と同様、事務所の隅に腰かけて雑誌を読んでいたが、昼過ぎに一度、ジャージ姿のまま外に出ていった。そして2時間ほど経ってから戻ってくるや、また雑誌を読み始めた。事務所にはたくさんの雑誌が詰まれているから、時間を潰すには苦労することもなさそうだ。ただし、どれも15歳の少女が読むようなものではなかったが……。

夕食は出前を取って全員でテーブルを囲んで食べた。綾香は星来に学校のことなどを尋ねてみたものの、つっけんどんな答えしか返ってこなかったので、会話が続かなかった。

食べ終えると再び原稿の執筆である。

ようやく一本目の原稿にオーケーが出た。猪俣は立ち上がって伸びをした。

「じゃあ、俺はそろそろ帰るわ。麻生ちゃんは？」

「私は今日もここで仕事して、泊まっていきます」

猪俣は意外そうな顔をした。しかし深くは詮索してこなかった。「後はよろしく」と

言って事務所を出ていった。

綾香はこのまま星来を放っておくことはできなかった。

人気ＪＫリフレ嬢の心愛の取材をしたときは、心愛の抱えている問題に気付かなかった。そして心愛が恐喝に手を染めていることを知ったとき、仲の良かった友達が犯罪者だと知ったような、嫌な気分になった。

星来も心愛と同様、過ちを犯そうとしているのかもしれない。しかし、今ならばそれを防ぐことができる。何とかして星来との距離を縮め、彼女を改心させなければならない。心愛のときのように自分と多少なりとも関わりのある者が、犯罪者になることは避けなければならなかった。

「ヤリマンを落とす方法って何やねん。ヤリマンなんて誰でも落とせるやん」

綾香が仕事をしている傍らで、星来は雑誌を読みふけっている。下世話な記事ほど、星来の興味を掻き立てているようだ。

ふと、綾香は思いついた。

「星来ちゃんは付き合ってる男の子とかいるの？」

この年代の女の子だったら、恋愛ネタを話すとそれにのってくるのではないかと思ったのだ。距離を縮めるため、これまでの敬語ではなくて、ため口で話しかけてみた。

しかし、予想に反して、星来は眉をひそめた。

「おらへん。男なんてアホばっかやし」

綾香は、くじけそうになる心を奮い立たせて質問する。

「星来ちゃんのクラスの男子とかは？」

「アホ」

「でも、一人ぐらい、まともな子だっているでしょ」

「先生もアホやし。世の中の男はみんなアホや」

「星来ちゃんのお父さんは？」

「ドアホ」

「ド」が付くアホというのは、相当なものだ。

「どういう人？」

「最悪な人」

「殴ったりするの？」

「殴らへん」

「怒ったりする？」

「怒らへん」

「いいお父さんじゃない」

「全然ええことあらへん。うちのおとん、刑務所入っとるし」

「……ああ、そうなんだ」

「うちが生まれたときには入っとったから、会ったこともあらへん」

「え、生まれてから会ってないって……星来ちゃん、15歳だよね」

「うん。おとん、無期やから」

絶句した。無期ということは無期懲役か。いったい、彼女のお父さんは何をやったのだろうか。人でも殺してしまったのだろうか。

「星来ちゃんも捕まっちゃうのかな」

「なんやねん、いきなり」

自分でも唐突だと思った。星来が「なんやねん」と言いたくなる気持ちは分かったが、綾香は感情をおさえられなかった。

「星来ちゃんが捕まったら悲しむ人いるでしょ。やめたほうがいいんじゃない？」

「今さら、やめられへんし」

「なんで？　あのヤクザの人に怒られる？」

「うん」

「逃げちゃえばいいんじゃない？」

「逃げられへんわ」

星来はそう言ってから、「あ、逃げられるかも……」と言い直した。

「そう言えば、あの人、ウチの住所知らんかったな……」

「大河原さんとはどういう状況で会ったの？」

星来はぽつりぽつりと語った。

なんでも、星来は夏休みになって家出しているとき、街中で不良少年と会ったのだという。意気投合して話し込んだところ、「いい仕事がある」と紹介されたのが、あの大河原だった。星来は自分の住所や身元など、その少年には話していなかった。しかし、大河原は、その少年と星来が昔からの付き合いだと勘違いしたようだ。そのため、星来に住所も聞いてこなかったのだという。万が一、星来が逃げたとしても、その少年に聞けばいいと考えているからだろう。

「じゃあ、いきなり明日、星来ちゃんが事務所からいなくなっても大丈夫じゃん。大河原さんが私に聞いてきたって、星来ちゃんがどこいったか分からないし」

「本当にそうやなあ」

「逃げたほうがいいよ」

綾香が言うと、星来はにこりと笑った。

その後、星来は心を許してくれたのか脈絡のない話を始めた。

「うちな、サメが好きなんや。あの口から鼻先のところ見てるとゾクゾクってくる。天保山に水族館があってな、そこにジンベイザメがおって、うちおかんに連れられて、ずーっと見てたんや。そのうちにあの口の中に入ったらどうなるんやろうって思ってな、それからやね、よくサメの中に入る夢を見るようになったんや。夢の中ではな、うち、サメになって泳いどるねん。気持ちよくてな、好きなだけ泳いで好きなだけ食べて、いい人生やなあ。サメに生まれてきてよかったなあって神様に感謝してるんや」

ずいぶんと突拍子もない話のようにも思える。しかし、15歳の妄想というのはこういうものだっただろうか。綾香は自身のことを思い返してみた。

4

朝起きると、星来の姿はそこになかった。星来が持ってきていたキャリーバックも消えていた。

10時をまわった頃、猪俣が出社した。

「星来ちゃんは？」

「いなくなっていました。怖くなって逃げちゃったのかもしれません」

「そうか。そりゃ参ったなあ。大河原君に伝えないとなあ」

猪俣は、その言葉とは裏腹にホッとした様子で、スマホで電話をかけた。綾香はしてやったりという気分だった。説得が功を奏したのだ。

しかし、電話で話す猪俣の顔が険しくなるのを見て、不安な気分になった。

「……え、そうか、そうだったんだ……いや、挨拶もなしに出ていっちゃったから逃げたのかなあと思ってたんだけど。そうか……じゃあ、よかったよ」

いったい、何が起こったのか。電話を切った猪俣に、綾香は問いかけた。

「実は、もう仕事に行っちゃっているみたいだね。逃げたんじゃなかったんだ」

「そんな……」

昨夜、逃げたほうがいいとアドバイスしたら、星来は納得したように笑ったではないか……。

「麻生ちゃん、この一件、見届けてみたいか？　仮に君が望むんだったら、あの子がこれからどうなるか知ることもできるけど」

「どういうことですか？」

猪俣はパソコンを開いてソフトを立ち上げた。

画面を覗きこんでみると、そこには地図が表示されていた。そして、赤い丸と、青い丸が表示されている。

「青いところが今、俺たちがいる場所だ。そして、この赤い丸が、あの子が今いるところだ」

「なんで、こんなのが……」

「昨日、おにぎりとか食っただろ。あれ、星来ちゃんに2千円渡して、すぐ下のコンビニで買って来いって言ったんだよ。その隙に、俺は、あの子のキャリーバックを開いて、このGPSの発信器を取り付けた。それにもうひとつ、明らかに小道具っぽいバッグが入っていたんだ。その中に盗聴器も取り付けておいた」

「なんで、そんなことを……」

「だって、麻生ちゃん、言ったじゃないか。このまま黙って見過ごすのはおかしいと思うって。俺もあのとき、ああ言われて反省してさ、その通りだなと思ったんだよ。このまま黙って見過ごすのはよくない。職業柄、何かが起こっているのに見て見ぬふりなんてできない。俺の仕事はライターだ。最後まで見届けるのが仕事だってな」

いや、そういう意味で言ったわけではない。犯罪を止めるようにという意味で言ったのだ。それに、そんなこと、普通のライターであればまずやらないことだろう。しかし、心愛の取材のときといい、この男は、取材という名目さえ付けば、平然と一線を越えてしまうようだった。

「麻生ちゃん、どうする？　覗いてみるかい？」

綾香は少し迷いつつも、「行きます」と答えた。自分もこの成り行きを見て、まだチャンスがあれば彼女が犯罪者になるのを防ぎたかった。

事務所を出ると、タクシーに乗り込み、運転手にGPSの場所を伝えた。そこは池袋の事務所からほど近い、大塚の公園だった。

GPSを見る限りだと、その場所から移動している様子はない。ここが計画実行の場のようだった。

「今の詐欺は、完全に分業化されているんだよ。電話実行部隊が片っ端から名簿を元にして電話をかける。現場統括の奴らが、見張りとか、金の回収をする。そして受け子がいて、その受け子を斡旋する大河原君みたいな奴がいる。電話実行部隊、現場統括、受け子も全部、別々っていうのが当たり前になっていて、お互いに素性さえ知らないことも多いんだ。だから、受け子が捕まっても、上の奴らは捕まらないんだよ」

「大河原さんは詐欺の首謀者じゃないんですか？」

「たぶん下っ端だよ。受け子の斡旋業者だ。ヤクザやっていた頃だったら、こんな下っ端の仕事受けていなかったんだろうけどね。彼も今はきついんだろう」

組織を辞めてから生活が苦しいのは、同情すべき点なのだろう。しかし、こうして人を騙す仕事に加担していることには嫌悪の念しか起こらない。それに取材で協力してもらっているからとはいえ、そんな大河原と付き合う猪俣も猪俣である。

公園にたどり着いた。その入り口の近くに黒塗りのアルファードが停車しているのが見えた。明らかに怪しい車だ。大河原か、それとも現場統括の奴らなのだろうか。

「運転手さん、反対側の方へ回ってくれるかな」

猪俣が指示を出し、タクシーは、公園の周囲の道を走っていく。公園から道を一本隔てたところに駐車場があった。その前にタクシーを停めてもらい、お金を払って降りた。猪俣と綾香は駐車場の奥へ歩き、停車している車の背後に身を隠しつつ地べたに座り込んだ。

猪俣はバッグの中から盗聴の受信機を取り出し、そこにヘッドホンの端子を差し込んだ。猪俣と綾香は枝分かれしているイヤホンを一つずつ耳に装着した。

発信器の場所からすると、星来は今、公園の中にいるはずだった。猪俣が仕掛けた盗聴器の電波は数十メートルの距離ならば届くらしい。

ガサガサというノイズとともに、男と女の声が聞こえてきた。女は星来だった。

――そうか、楽しそうで何よりだなあ。

――でも、今日はほんと、お父さんと会えてよかった。どういう人かずっと気になっていたから。

――雫……俺は……君が生まれたと知ったのも、君のお母さんと別れてからだいぶ経った後だったんだ……そのときにはもう家庭ができていて……でもずっと、君がどうやって暮らしてるのか気になっていた。自分の子供に会いたくない親なんていない。俺は娘の顔が見たかった。まさか、こんなかわいく立派に育っててくれたなんて……本当にうれしいよ。

——お父さん……私も、会いたかった。お父さんに会いたかった。生まれてからずっと、どんな人だろうって思ってたから。


猪俣はその声を聞きながら困惑していた。

「娘を演じているのか。珍しいな……」

「そうなんですか？」

「普通、こういう詐欺は、電話実行部隊が名簿を元にして片っ端から当たるんだよ。でも、娘に会いたい父親のリストが記載されている名簿なんて、まず存在しないだろ。それに、仮に、娘に会いたい父親が存在するとしよう。でも、通常のケースだったら、父親は娘の顔ぐらいは知っている」

「まあ、そうですよね」

「つまり、これは相当、限られたケースだ。娘と会いたいけれども、娘の顔を知らない父親じゃなきゃいけない。そんな名簿はまず存在しない。だから、ピンポイントでそういう条件に見合う男を見つけて、その年ごろの女の子をあてがっているってことだ」

「でも、これは詐欺なんですよね？」

「詐欺だろうけど……ひょっとしたら、本当の父親っていう可能性もあるな」

本当の父親？

星来の父親は今、刑務所の中に入っているはずだった。父親は無期懲役で、星来は生まれてから一度も会ったことがないのだ。もしも、星来の言葉に嘘がないとすれば、だ。

しかし、今、星来と話しているこの男は、家庭を持っていて普通に暮らしているようである。星来が語った父親の像とはそぐわない。

おそらく、詐欺師たちは、娘の顔をまだ見たことがない父親を見つけ出したのだろう。

そして、そこに、街で見つけた少女を娘のふりをさせて引き合わせたのだ。そう考えるのが自然だった。

しかし、本当にそうなのだろうかと疑問は沸き起こる。

星来が自分に本当のことを言っているかどうかなんて分からないのだ。ひょっとしたら、星来という名前だって嘘なのかもしれない。

盗聴器から聞こえてくる星来の言葉は、関西弁ではなくて、綺麗な標準語である。

綾香は何が本当で、何が嘘なのか分からなくなってきた。

——雫、将来の夢とかあるのか？

——将来は……音大に入りたいと思って。音楽が好きだから。

——へえ、それはいいな。

——でも、今のうちには全然お金がなくて……音大ってすごくお金かかるから
少しの間があった。そしてガサゴソという音がした後、星来の動揺する声が聞こえてきた。

——え、これは？

——高校、大学を卒業するぐらいのお金はある、雫の将来のために使ってくれ。

お金の受け渡しがされたようだった。高校、大学を卒業できる金額と言えば、けっこうな額だろう。

今からでも公園の中に入って、この女の子が本当に自分の娘なのか確かめたほうがいいと男に助言したほうがいいかもしれない。それによって星来は逮捕される可能性があるが、なにせ中学生である。今ならこの男性も許してくれるかもしれない。

しかし、綾香は動くことができなかった。公園の周囲には、この詐欺に加担している男たちが目を光らせている。そして、綾香の上司である猪俣も、ただ黙ってヘッドホンの声に耳を澄ませている。

そんななか、20歳そこそこの自分が、この犯罪を止めるために立ち上がる勇気など持

てなかった。

星来は男と他愛のない会話を交わしていた。猫を飼っていて、その猫が言うことを聞かないとか、母親はダイエット中だとか、そんなやり取りだった。あの晩、星来が練習していた会話もそこに含まれていた。どうでもいいような話だったが、男はそれを愉快そうに聞いていて声を上げて笑っていた。


――あ、ママからメールだ。もう行かないと。

――そうか、また会える日があるといいんだけどな。

――うん。きっと会えるよ。


星来は男と別れたようだ。

綾香は虚無感に襲われた。結局、この場に駆けつけたというのに、何もしないまま、ただ座っていた。無力だった。

綾香はヘッドホンを取り外そうとしたが、ふいに激しく布がすれるような音が聞こえてきた。何事だろうかと耳をすませる。

怒鳴り声が飛び込んできた。

――おい、ガキ、待て！

猪俣の表情が強張った。男は怒鳴り続けている。

その怒鳴り声は、ヘッドホンを装着していなくても十分に聞こえてくるほどの大きさとなった。その声の方向を見つめた。

女の子が走ってくるのが見えた。星来だった。

そして、だいぶ離れて、2人の男が続いていた。

「ぶっ殺すぞ！」

「待て！」

彼らは追いかけっこしていたのだ。

星来が近づいてくる。その手には手提げバッグを持っていた。

星来と目が合った。

星来も綾香の姿に気づいたようで、ニヤリと笑ったように見えた。

そのまま全速力で綾香と猪俣のいる駐車場の前を駆け抜けていく。その年ごろの女の子にしてはかなり足が速かった。

しばらくして、大河原ともう一人の男が駐車場の前を駆け抜けた。2人は、星来を追いかけるのに精いっぱいで、猪俣と綾香の姿に全く気付いていなかった。

星来はなんで、笑ったのだろうか。あれは、してやったりという笑みだったのか。

いや、そうじゃないと、綾香は気づいた。

そう言えば、昨夜、逃げたほうがいいと彼女に言ったのは自分だったのだ。星来はそんな綾香のアドバイスを実行に移したまでのことだったのではないだろうか。

「いやでも……このタイミングで逃げるなんて……」

綾香は激しく動揺した。

「麻生ちゃん、どうした？」

「いえ……」

綾香は口をつぐんだ。

せめて、大河原たちに捕まってひどい目に遭わないよう、逃げ切ってほしい。追いかける男たちの背中を見ながらそう願った。

鬼ババア編

1

心霊ムックの校了のお祝いに飲みに行こうと誘いかけると、麻生綾香は頬をほころばせた。

ここまで一冊の本でがっつりと取材からページ構成、執筆まで携わったのは、彼女にとっては初めてのことだ。締め切りの三日前からは連日、事務所に泊まり込み、度重なる修正指示にも音を上げなかった。

今日は盛大におごってやるか。猪俣は、事務所の前でタクシーを拾い、六本木のビルへ向かった。

入り口には、金色に輝く巨大なシャンデリアがかかっていて、女神の彫刻が飾られ、大理石の階段がらせん状に巡りまわっている。

綾香は眉をひそめた。喜んでくれるかと思ったが、微妙な反応である。

「何ですか、ここ」

「六本木で有名なホストビルだよ。まあ、麻生ちゃんもさ、俺みたいなオッサンと3週間も一緒に取材やら原稿やらで、大変だっただろ。それで申し訳ないと思ってさ、イケメンのホストを付けて労をねぎらってやろうとだな」

「いりません。普通の店でいいです」

「なんでだ？　イケメンは嫌いか？」

「イケメンはいいんですけど、ホストは嫌いです」

「ホストに痛い目にでもあったのか？」

「いえ、今までの人生で一度も関わったことがないし、これからも関わりたいとは思いません」

「麻生ちゃん、それはライターの姿勢としてよくないよ。その対象が好きにせよ嫌いにせよ、一度は体験してみる。それがライターってもんだよ」

「はあ……じゃあ、いいですけど」

　ライターとしての意識が心に芽生えてきたのだろう、そう説得された綾香は、仕方なさそうに頷いた。

　猪俣は、実はこれが取材も兼ねているということは明かさなかった。仕事となると、綾香も楽しめないだろうと思ったからだ。しかしこの分だと、取材だろうがそうでなかろうが、彼女はこの店では楽しめないのかもしれない。

この取材に綾香の協力は必要不可欠だった。男一人で店に入ると訝しまれるが、女の子が一緒だったら不自然ではない。

シャンデリアのかかっているビル入り口を通り過ぎて、その奥にあるエレベーターに乗った。ビルの中には全部でホストクラブが21店舗も入居している。4階の一番奥の「ルイージュ7」が目的の店だった。

入り口の壁の前には、8月度のランキング上位5人のパネルが飾られていた。ナンバー2の店の代表者である相沢俊哉だけは黒髪で割と落ち着いているが、その他は、全員、金や茶に髪を染めていて、いわゆるスジ盛りと言われるヘアスタイルである。綾香はパネルを見ながら呟いた。

「キモいですね。男のくせに」

「前にうちで働いてた奴は、こういうとこ来るとテンションが上がっていたけどな」

「その人、ライターやりつつ夜のお仕事とかやっていたんですか？」

「麻生ちゃんと同じで、高学歴のお嬢さんだったよ」

綾香は意外そうな顔をした。

猪俣はドアを開けるとき、重要なことを言い忘れていたことに思い至った。取材であることは、ホスト側にばらしてはいけなかったのだ。

「まあ、ライターとか言うと、ホストたちから色々と詮索されるだろうから、食品会社の部長と新入社員って設定にしとくか」

「何でもいいです」

綾香は特に怪しむ様子もなく投げやりに言った。

ドアを開けると、メロディアスな洋楽のバラードのBGMと、客のざわめきが聞こえてきた。

「初回、2人でよろしく」

猪俣は言った。受付の男性はうなずいた。

初回料金は90分で3千円なので、2人で6千円。それに税金がかかる。ホストクラブが暴利をむさぼるのは2回目からで、初回はそれほど高くない。猪俣はこれまでにもホストの取材はしていたので、だいたいのシステムは理解していた。

壁際の席へ案内され、猪俣と綾香は並んで座った。店内は6割がた埋まっている。

綾香は落ち着かなさそうに辺りを見渡している。こういう場所は本当に苦手なのだろう。事務所で働いていた前任の女性ライターとは、あらゆる点で対照的だった。

金髪のスジ盛りのホストが2人、テーブルにやってきた。一之瀬純也と名乗るホストが綾香の隣に腰かけ、武藤慶と名乗るぽっちゃり気味の青年が猪俣の向かいの席に腰を下ろした。そのため、猪俣と綾香は別々のホストと一対一で話をすることになった。

「あの子とはどういうご関係なんですか？」

武藤が興味深げに尋ねてきた。

「どう見える？」

「親子ですか？」

「こういうところに子どもを連れてくるような親っているのか？」

「そうですよねえ」

武藤はまん丸い顔をほころばせ、ハハハと笑った。

イケメンとは言い難く、どちらかというとお笑い芸人のようである。とてもではないが、ホストになるようなルックスではない。しかし、ホストがイケメンばかりかというと、そんなことはない。平均的なルックスレベルよりも下の者も働いている。愛嬌があったり、話がうまかったりすれば、この過酷な世界を生き抜くことはできる。武藤には愛嬌があり、何でも話しかけやすい雰囲気はあった。そこそこ需要はあるのかもしれない。

隣で会話している綾香の声に耳に澄ませてみると、綾香は、どうやらトルストイの『戦争と平和』について語っているようだ。この小説は確か文庫本で全4巻にも及ぶ巨編で、登場する人物は500人以上にも及ぶ。綾香は淡々とそのあらすじを一から順に話し続けていた。ホストの一ノ瀬は戸惑いながらも「へえ、そうなんだ」とか「面白そうだね」などと相槌を打っている。いつ終わることのない、ストーリーが延々と語られる。綾香はまともに会話するつもりがないらしい。

この子は本当に機嫌が悪いときはこういうふうになるのか。猪俣は笑いがこみ上げてくるのを必死に抑えながら武藤と話した。

本題の取材に入る。

「そう言えばさ、3日前にビルから飛び降りたでしょ。昔は、そこそこ有名な歌手だったっていう女の人」

「ああ、そうですね。これでますます心霊スポットだって噂が立っちゃいますよね」

武藤は苦笑する。このビルは「ホストビル」と呼ばれているが、別名「自殺ビル」とも呼ばれていた。

「その人、この店にも通っていたの？」

「実は、あの自殺した日、うちの店に来ていたんですよ。俺は休んでたんですけど、あの人、上機嫌に飲んでいたみたいですよ。なんでああなっちゃったのか……。あ、この件、店からはあんまり話すなって言われてて」

武藤はあわてて口をつぐむ。

「店にとっては、あんまりいい話じゃないもんね。でもさ、彼女の担当ホスト、ショックで店に来てないんじゃない？」

「あ、いや、代表は今日も来ていますね」

　武藤は振り向いて、少し離れたところでキャバ嬢風の女性を接待しているホストを見つめた。他の20代のホストたちに比べると、年配の30代ぐらいの見た目で、顔立ちの整っているホストだった。確か売り上げランキングがナンバー2の相沢俊哉で、この店の代表者らしい。武藤は人がいいのだろう、話してはいけないと言った矢先に情報を漏らしてしまう。

　ふいにアップテンポのBGMがひときわ大きく鳴り始めた。そして、マイクを持ったホストがフロアの中央に歩いてきて、「はーいはいはいはい、シャンパン頂きましたー！」と声を張り上げた。

「すいません、ちょっとコールに行ってきますね」

　武藤は立ち上がった。各テーブルで客を接待したり、待機していたホストも一斉に立ち上がり、中央に寄り集まってくる。ちょうど代表者の俊哉のテーブルにドンペリが運び込まれ、10人ほどのホストたちが女性の席を取り囲むようにして、弧を描く隊列となった。

「今宵の姫はサイコー！」

「サイコー！」

「シャンパン！」

「シャンパン！」

マイクを持ったホストの掛け声とともに、店内のホストたちが一斉に声を張り上げる。

「猪俣さん、何ですかこれ……」

「シャンパンコールだよ。あの女の人がピンドンを入れたから、ホストたちがみんなで祝ってるんだよ」

シャンパンの蓋が勢いよく空いた。中身はその場にいる10人以上のホストが持つシャンパングラスに注ぎこまれ、号令によって一気に飲み干した。20万円ほどのピンクドンペリはあっという間に全員の胃袋へ注ぎ込まれた。

「あんなことされて……何だか罰ゲームみたいですね」

綾香は嘆息した。

2

会計を終えて店を出ると、猪俣と綾香はエレベーターに乗り、7階で降りた。廊下を歩いて突き当たったところにドアがあり、そこを開けると外階段があった。

外階段にはロープが張られ、「危険　立ち入り禁止」という黄色いテープがバッテンの形で貼られていた。

「やっぱり入れないか。まあ、事件があったばかりだしな」

「どうしたんですか？」

「ついこないだ、この屋上で人が飛び降りたんだよ。実はこのホストビル、けっこうな頻度で人が落ちてててさ。もう8人目か9人目か……。それで自殺ビルって言われてるんだよ。心霊ムックの打ち上げだからちょうどいいかなと思って、ここを選んだんだ」

見る見るうちに綾香の顔が青ざめていった。

「自殺したのは森嶋碧っていう名前の元歌手なんだけど……」

と、猪俣は、飛び降り自殺の概要を話したが、身を震わせている綾香の頭にその言葉が入っているのかどうかは分からない。

森嶋碧という名の53歳の女性が、ホストビルから飛び降りたのは3日前だった。30年前に一度、歌手としてメジャーデビューしていたが、売り上げは鳴かず飛ばずで、2年も経たずにレコード会社から契約を切られている。その後はインディーズで活動していたようだが、ブレイクすることはなかった。そしてここ10年ぐらいはほとんど音楽活動はしていなかったようだ。そんな彼女の自殺は、小さな扱いで新聞やネットで報道された。

『東京都港区六本木のビルの下で森嶋碧さん（本名　立川由紀子　52）が今月2日の深

夜、死亡しているのが見つかった。森嶋さんは1986年、『蒼い衝動』でデビューした歌手で、ここ数年は音楽活動をしていなかった。捜査関係者は争った形跡がないことから自殺と見ている。』

メディアに掲載された死亡場所のビルの写真を見てみると、そこは六本木で有名なホストビルだった。

森嶋碧の本名である立川由紀子で検索してみると、フェイスブックがヒットした。そのタイムライン上には、ホストと一緒に映る森嶋碧の写真が多数アップされていた。頻繁にホスト通いをしていたようだ。ろくに歌手活動をしていなかったはずだが、どうやってホスト遊びする金を稼いでいたのか。そして死の当日にもフェイスブックに投稿しており、そこには「今日はこれから彼氏とラブラブ♪」という文とともに「ルイージュ7」のドアの写真がアップされていた。

「とても自殺する女の文章じゃなかったんだよな。まあ、ろくに名の知られていない歌手ってこともあるんだろうけど、他のメディアも動いてないし、早いところ取材しておきたいと思ってさ」

「もうここ離れましょう」

綾香は、説明を続ける猪俣の腕を強く引っ張った。やはり、綾香の頭の中は、霊に取りつかれないだろうかといった心配だけで、猪俣の言葉は何も入っていなかったようだ。

3

あのだまし討ちのような打ち上げ以降、綾香はすっかりヘソを曲げてしまった。その態度も刺々しくなり、時おり、恨みっぽく「霊に取りつかれたのか、体調が悪くて」などと言ってきた。

とはいえ、そんなことがあっても、綾香はほぼ毎日、事務所にやってきた。9月に入り、夏休みももうすぐ終わりのはずだったが、特に友達と遊びに行ったりする予定もないようだ。

しばらくの間、綾香にお願いする仕事はなかったので、今まで猪俣が執筆した記事のゲラを幾つか渡し、それを参考に文章や構成を勉強するようにと伝えた。すると、綾香は律儀にその言い伝えを守り、最近は猪俣の原稿を読んで解析しつつ、文章の練習をしている。

真面目な性格なのだろう。前任の女性ライターは、取材力や着眼点は秀でていたが、綾香のように勉強熱心ではなかった。綾香は、今どきの若い女性には珍しく、浮ついたところはない。普段、水商売関連の女性と接することの多い猪俣にとって、綾香のような、どこか古風な女の子は新鮮に思えた。

デスクの上の綾香のスマホが振動した。綾香はそれを手に取って眺め、眉をひそめた。

「またこの人。うざいんですけど」

「誰？」

「ホストです。あれだけ冷たく接したのに、しつこく営業してくるんですよ。また面白い小説の話をしてくれって……全然興味なかったくせに」

ホストクラブに行ったあの日、綾香は店を出るまで、『戦争と平和』の話をし続けていたという。担当ホストが話題を変えようとしても頑として受け付けなかった。ある意味、根性が据わっている。そしてそんな綾香に営業メールを送ってくるホストもホストだ。

そう呆れながら考えて、猪俣は思い至った。

「麻生ちゃん、またそのホストクラブに行ってさ、今度はひたすら森嶋碧について聞いてくれないかな。相手が何か言ってきたら、自分は森嶋碧のファンで、彼女の話が聞けないなら店を出るって言ってさ」

「え、嫌ですよ。そんなの」

「取材だよ、取材。2万円渡すからさ」

先日は潜入取材をしたものの、これといった収穫はなかった。更に突っ込んで聞こうとしたところでシャンパンコールが入ったため、話の腰を折られた格好だった。

「実はこの後、大河原君が事務所に来るんだよ」

「あの人には会いたくないです」

「じゃあ、ホストクラブに行ってさ、何か聞き出してきてよ。向こうが話さないんだったら、すぐに帰っていいから」

「まあ、これが仕事っていうなら行きますけど」

綾香は渋々とではあったが、了承した。最近は、ライターとしての職業意識が芽生えているため、「仕事」という言葉が彼女を動かす上で有効なキーワードになっている。

綾香は恨めしそうな表情を浮かべ、事務所を出ていった。ホストクラブであれば危険な目に遭うこともないだろうと猪俣は考えていた。

夕方の5時過ぎ、大河原が事務所にやってきた。女子中学生の星来をここに連れてきて以来である。

大河原は事務所に入ってくるや、ひとしきり星来に対する怒りをぶちまけた。

「ったく、あの女、本当に許さねえ。ソープ沈めて1億稼ぐまで絶対に許さねえ」

「大河原君、まだ15歳だよ。あの子」

「後輩で未成年の援デリやってる奴がいるんだよ。そこで稼がせて、18歳になったらソープに沈めてやるから」

援デリというのは援助交際デリヘルの略だ。女の子たちの代わりに、出会い系サイトなどで男性客とやり取りして引き合わせる裏ビジネスだ。

「盗んだのだって、500万かそこらなんでしょ。大河原君ならすぐ稼げるじゃん」

「猪俣さん、それじゃヤクザとしての示しがつかないから」

「もうヤクザじゃないでしょ」

「まあ、そうだけどさ」

大河原は面白くなさそうに、煙草を灰皿に押し付けた。

そして今考えているというビジネスを語り始める。

「養子縁組して名前変えるじゃない。それで何かできないかなあって考えてるのよ」

「養子縁組なんて簡単にできるの？」

「宗教団体とかだと、人情に厚い人がいるからさ、そういう人たちの協力を得るわけ。で、名前を変えた後に何ができるかだよね。昔だったら、消費者金融とか闇金から金を借りまくってドロンだったけど、もっと何かできそうな気がするだよね」

猪俣はうなずき、それをメモしていく。もちろん、自分で実行するためではない。ネタにするためだ。

これまで大河原には散々迷惑をかけられた。女子中学生の星来の件も一歩間違えれば、危うく犯罪に加担させられるところだった。それでもこの男と付き合っているのは、大河原が優秀な裏社会コーディネーターだからだ。

裏社会に深く踏み込む際は後ろ盾となる人であったり、コーディネーターと呼ばれる人物が必要となる。大河原は幅広い人脈を持ち、手広く裏仕事を手掛けてきた。何より自身も裏社会系の雑誌が好きなこともあり、雑誌の仕事に理解があって、コーディネーターとしてはうってつけだったのだ。

「俺の後輩が今、新聞拡張員やってるんだよ。でも、それはあくまでもダミーの仕事でね、訪問してその家が今誰もいないって分かるでしょ。そしたら、ピッキングで忍び込んで窃盗してるんだよ」

「へえ、それはよく考えたよねえ」

その手口を書き留めていく。仮に綾香が傍らで聞いていたら、目を白黒させていたことだろう。

大河原も、猪俣がいちいちそのネタに反応するから話していて楽しいようだ。

その後、事務所の近くにある蕎麦屋に入って食事しつつ飲んだ。大河原はそこでまた星来のことを思いだしたのか、「あいつ、本当に1億稼ぐまで許さねえ」と悪態をついた。女子中学生にコケにされたことが余程腹に据えかねているようだ。

追加でビールを何本も注文し、酔いが回ってきた頃、店主が「そろそろ閉店なんですけど」と声をかけてきた。会計を終えて外へ出たとき、綾香から電話がかかってきた。

「猪俣さん、助けてください」

ひどく取り乱していた。

「麻生ちゃん、どうした？」

「飲んでないのに25万も請求されちゃって……。この人たち、全然話が通じなくて」

電話の向こう側から、「何が飲んでねえだ！」「ふざけんな！」という罵声が聞こえてくる。

「分かった！　今すぐ行く。そこで耐えて待っててくれ」

猪俣は電話を切った。大河原がどうしたのかと聞いてきたので、猪俣は事情を話した。

大河原はニヤリと笑い、「それは面白そうだねえ」と言った。

4

「ルイージュ7」の店内に入ったものの、綾香の姿は見えなかった。受付の店員に問いただした。彼は大河原の姿を見て動揺していた。大河原はカタギになったとはいえ、見た目はヤクザ以外の何物でもない。猪俣は綾香の携帯に電話をかけたものの出てこなかった。

「おい、てめぇら、姉ちゃんどこ連れてった。出せや」

大河原は店内に押し入り、従業員たちに凄んだ。ホストと客たちは凍り付いていた。猪俣は店内を見渡し、このまえ自分を接待してくれた武藤がいるのを見つけ、歩み寄った。

「武藤君、うちの麻生はどこにいったのかな？」

「あ、はい。たぶん、廊下の奥の外階段のところじゃないかなと……」

「ありがとう」

やっぱり、人のいい青年だ。

猪俣は、店内で凄む大河原の肩を叩き、廊下へ出た。外階段へ出る扉を開けると、担当ホストの一之瀬と綾香が言い争っていた。綾香はだいぶ泣いたようで、目が赤くなっている。猪俣は申し訳ない気持ちになった。

「おい、おまえ、猪俣さんの連れに何してるんだ」

大河原が凄むと、一之瀬は目を泳がせた。こういうときはやはり、大河原は頼りになる。

「いえ、この子が飲んだのにお金払わないって言うことを聞かなくて。別に今日じゃなくても、こっちは締日までに払ってくれればいいんですよ。何なら分割でもいいし」

「絶対払いません。気づいたら、勝手に飲んだことにされてたんです」

綾香は訴えた。

なんでも、綾香は20時ごろに店に入って接待を受けていたが、急に眠気が催してきて寝てしまった。そして起きると、2本のドンペリを飲んだことにされていたのだという。

「シャンパンコールも2回やりました。それは周りの客も見てますよ。酔っぱらって覚えてないだけなんですよ」

一之瀬はそう言い張る。大河原は胸ぐらをつかみ、「ふざけたことぬかしてんじゃねえぞ」と怒鳴った。

そのとき、ドアが開いて、どすのきいた声が響いた。

「店にいちゃもん付けてる奴がいるって聞いたんやけど。あんたらかぁ？」

店のケツモチが現れたようだ。40歳そこそこだろう。スキンヘッドでサングラスをかけており、大河原に負けず劣らず強面である。

一之瀬を恫喝していた大河原は、振り向いて、そのケツモチと顔を突き合わせた。

「おまえ、どこのもんだ？」

「ルイージュ7の面倒見とるもんや」

「そうじゃねえ。どこの組の者だって聞いてるんだよ」

「江口組桟同会歪興行の柏木宗太や。おまえはどこのモンや？」

「俺はカタギだ。どこの組にも入ってねえ。暴排条例があるっつーのに、店とべったり付いいてていいのか？　警察にチクったら、営業停止食らうぜ」

柏木と名乗るヤクザは、ハメられたと察知して顔を赤らめた。２０１１年に東京で暴排条例が施行されて以降、店は表立って暴力団関係者と交際することはできない。まさか大河原のような見た目がヤクザの者が、こんな姑息な手を使ってくるとは思ってもいなかったのだろう。

大河原はここで一気に畳みかける。

「酒の中に睡眠薬入れたんだろ？　24時間以内だったら検出されるからさ。今から、警察行って、この姉ちゃんに検査受けてもらうわ。そうなったら逮捕者も出るだろうなあ」

一之瀬は真っ青な顔になっている。睡眠薬を仕込んだのは確かなようだ。

「じゃあ、そういうことで、お騒がせしました。我々は警察に行くことにしますんで」

猪俣はにこやかに笑みを浮かべ、頭を下げた。ケツモチの傍らを通り過ぎて廊下へ出た。綾香と大河原が後に続いてくる。

すぐ目の前には、この事態を見守っていたルイージュ7のホストたちが3人溜まっていた。更にその奥には、別店舗のホストや、その騒ぎを聞きつけた女性客の姿も見えた。

ケツモチの柏木が吠えた。

「おい、待たんか。こないなことしてただで済むと思っとるんか？」

「あん、桟同会の柏木さん、恐喝ですかあ？　罪状増えちゃうよ」

大河原は嘲り笑う。

「こいつら止めいっ。サッに駆け込まれたら終わりや」

柏木がホストたちに命令する。ホストたちが目の前に立ちはだかった。しかし大河原が「あんだ?」と吠えると、モーゼの海のように一斉に道を開けた。おかげで悠々とエレベーターの前にたどり着くことができた。

ホストたちは遠巻きに自分たちを眺めている。エレベーターのドアが開いたとき、店の入り口でこの様子を見守っていたホストが、駆け寄ってきた。店の代表、相沢俊哉だった。

「このたびは大変ご迷惑をおかけしました。少なくて申し訳ないんですが、これで許していただけないでしょうか?」

俊哉は財布の中から5枚の1万円札を取り出し、それを手渡してきた。大河原はそれを一瞥して怒鳴った。

「そんなはした金で引き下がれるか。いいか、この姉ちゃんはなあ、睡眠薬飲まされ、30分以上脅されたんだぞ。おまえら、恐喝罪でパクられるの。俺たち、警察行ってくるからよ」

大河原はエレベーターの中に乗りこみ、猪俣と綾香も続いた。1階のボタンを押した。

「ま、待ってください」

俊哉は扉が閉まる前に乗り込んできた。

「30万円払います。これで許してください」

「あーん？　そんなはした金でどうしろってんだ？」

「分かりました。50万、払いますんで」

「おし、示談成立」

大河原は口元をゆるめた。

5

俊哉はコンビニで50万円の現金を降ろし、それを大河原に渡した。俊哉が立ち去った後、大河原は50万円を二等分して、その半分を猪俣に手渡した。

「猪俣さん、いいシノギ紹介してくれてありがとうね」

「こちらこそ大河原君のお陰で助かったよ。な、麻生ちゃん？」

綾香はショックが大きかったらしく放心したように立ち尽くしている。

路上に立ってこちらの様子を見ている女性が見えた。20代前半で、白いワンピースを着ている。どことなく風俗嬢っぽい。

目が合った。ワンピースの女性はどうしようかと迷っている様子だったが、こちらに歩み寄ってきた。

「あのぉ、廊下のところで様子を見ていました。頼みたいことがありまして」

「どうしたんですか？」

猪俣は尋ねた。

「私の友達が、さっきの店のホストの掛けに困っていて。同じように踏み倒してくれませんか？」

掛けというのは、売り掛けのことだ。その日にお金を持っていなくても、締日までに払えばいいというシステムで、おおむねどのホストクラブもこの制度を採用している。

「掛けはどれぐらい？」

「まだ３００万ぐらい残っているみたいです。このままでしつこく取り立てられてて。でも、ついこの前、その回収係が死んじゃったから、踏み倒すなら今がチャンスだと思うんです」

金の匂いを感じた大河原が下卑た笑いを浮かべて割り込んできた。

「姉ちゃん、そうだなあ。じゃあ、報酬は半額の１５０万円だな。それだったら踏み倒してやるよ」

「え……そんなに」

「そんなにって、半額になってるだろうがよ」

猪俣は、回収係がつい先日、死んだというくだりが気になった。

「あの、その死んだ回収係っていうのは……」

「ああ、ビルの屋上から飛び降りたんです。昔は歌手だったみたいですけど、女ヤクザみたいな人でした」

「名前は森嶋碧かな？」

「確かそんな名前です。私も死んでから初めて歌手だって知って。本当に嫌な奴だった。死んでくれて本当によかった」

猪俣は、大河原から受け取った25万のうち1万円を取り出し、それを女性に渡した。

「森嶋さんのこと教えてくれないかな。これ謝礼で」

4人ですぐ近くの焼き肉店に入った。

猪俣はライターだという身分を明かして話を聞いた。女性は23歳で、歌舞伎町の風俗店で働いているという。話しているうちに口調が砕けてきた。

「あのババアは本当に最悪でした。すっごい金切り声で怒鳴るんですよ。その声の大きさがハンパなくて。あいつが歌手だって知って納得です。あの声は普通の人じゃ出せないですよ。自分のバックにはヤクザがいるってちらつかせて、それであの声で怒鳴られるから、みんな怖くて払っちゃうんですよ。私も取り立てられたことがあって。あれ以来、ルイージュが嫌いになって行かなくて、隣のサンジェに通うことにしたんです」

「森嶋さんは、回収したお金の何パーセントかもらえるのかな？」

「その辺りの契約はよく分からないけど。あのババア、ホストが大好きだから、回収してきたら、お金の代わりにタダで店で飲めるとか、そういう条件だったんじゃないですか」

　森嶋が歌手として活動していないのに、ホスト遊びに興じることのできた理由が分かった。

「けどなんで、森嶋さんは自殺したんだろ」

「好きなホストにふられたんじゃないですか？　あのビルで死ぬ女なんて、みんなホストへの腹いせですよ。自分があそこで死んだら、ホストたちは困るだろうって」

「森嶋さんはけっこう恨まれてたんだよね。殺人って可能性はない？」

「そりゃ、私の友達も含めて、あのババアを殺したい人はたくさんいるだろうけど……。ホスラブでもババアの悪口ばっかだし。私の友達に会って話を聞いてみます？　今、ババアの取り立てにあってノイローゼ気味になってて。彼女の話を聞いて同情してくれたら、踏み倒しの料金、負けてやってください」

　猪俣は大河原と顔を見合わせた。大河原は髭の伸びた口をにやけさせる。その女性と会って、売り掛けの踏み倒し料を取る気が満々のようだ。

　一方、綾香は全く話に立ち入らず、ふてくされたように目の前のチヂミをつまんでいる。これだけ食べる元気があれば大丈夫だろう。

6

土曜日の午後、猪俣は大河原とともに六本木の喫茶店「アマンド」のテーブルに腰かけた。綾香も連れてこようかと思ったが、綾香は水商売を毛嫌いしている。そういうのが顔に出てしまうと相手の機嫌を損ねてしまうだろうと考え、呼ぶのをやめた。

これから来る女性は、歌舞伎町のファッションヘルス店で働いているという。

待ち合わせの女性が来るまで、猪俣はスマホで「ホストラブ」のサイトを見ていた。

「ホストラブ」は、夜の掲示板として有名なサイトで、ホストクラブや風俗店、キャバクラなどのスレッドが立てられている。「ホスラブ」の愛称で知られている。

「ルイージュ7」のスレッドも立っていた。

「トップにいた前担当は口が激臭。生ゴミを発酵させたレベル」

「春輝、指名してる人恥ずかしくないの？　鬼枕じゃん」

「優斗がナンバー1とか店もショボくなったな。身長低くて不細工で豚なのに」

客が書きこんでいるのだろう、ホストが読んだらショックを受けそうな悪口が連なっていた。

取り立て屋の森嶋碧のことは「鬼ババア」というあだ名で記載されていた。

「今日、鬼ババアが家まで来たんだけど。超怒鳴られて、お隣さんにばれちゃうし。マジ、ムカつく」

「鬼ババア、相沢代表に枕してもらいたくて今日も取り立て頑張ってまーす（笑）」

「担当のバースデーで一本も入れてないくせに一番デカい面してる鬼ババア。あいつ、だれか殺して」

ひどい嫌われようだった。

CDデビュー当初は20代の前半で、愛らしい顔立ちの女性だったが、死の直前にSNSのフェイスブックにアップされていた写真は、ぽっちゃりと太っていて、顔の周りにもだいぶ肉が付いていた。あのガタイで迫られ、バカでかい声で恫喝されたら、大半の女性は恐ろしさで身を震わせるだろう。

なんでも、森嶋はメインの担当ホストである代表の相沢俊哉のみならず、ルイージュ7の複数のホストの取り立てを請け負っていたらしい。通常、ホストクラブは永久指名制である。最初に付いた担当は、その後もずっと変わらず、他に変えることはできない。しかし、森嶋だけは、例外的に自由にホストたちを取り換えていたのだという。

「あのぉ、大河原さんですか？」

テーブル脇から声をかけられ、顔を上げた。待ち合わせの相手である浜崎梓が立っていた。清涼感のある美女だが、その顔には疲労が滲み出ている。執拗な取り立てを受けて苦労したのだろう。

梓は向かいの席に座ってコーヒーを注文した。猪俣は森嶋の話を促した。

「正直、鬼ババアが死んでホッとしています。俊哉からはまだしつこく電話がかかってきてるけど、鬼ババアに比べたらやさしいものだし。私、鬼ババアと指名が被っていたから、すっごいあいつに嫌われてて。俊哉に一番お金使ってたから、俊哉も私のこと、気に入ってくれてたし。俊哉は鬼ババアのことなんて何とも思ってなかったんです」

「そりゃそうだろ。あんなババアと姉ちゃんを比べたら、誰だって姉ちゃんをかわいがるよ」

大河原が言うと、梓はそれに気を良くしたようで、頬をほころばせた。

猪俣は疑問を呈した。

「梓ちゃんはなんで、そんなに売掛作ったのかな」

「俊哉のバースデーで５００万ぐらい使ったんです。あのときは彼しか見えていなかったから。でもちょうどそんなとき、病気うつされて店を休むことになって。それで更にタイミングが悪いというか、いいキッカケだったんですけど、俊哉に冷めちゃったんです」

「なんで？」

「ホスラブを見たら、俊哉がみんなと枕やってること知っちゃって。彼、代表だし、もっと敷居が高い男だと思っていたんです。なのに、初回の子にすら枕やってたんですよ。ふざけてません？　最初はデマだろうと思ったんだけど、俊哉と寝たっていう女の書き込みが凄く詳しくて。実際、寝ないと分からないことばかりだったんです。おまえだけしか寝ていないって言ってたくせに。そうそう。あとたぶん、病気を移してきたのも俊哉なんですよ。俊哉の客、風俗系の子が何人かいるから。なんかもう、500万払うのがバカらしくなって、取り立ても無視していたんです。そしたら、あの鬼ババアがうちに来るようになったんです。あいつ、本当にしつこくて」

「梓ちゃんは、森嶋さんは自殺したと思う？」

「自殺じゃないんですか？　よく分からないけど」

「でも、もしも殺人だったとしたら？　敵は多かったと思うけど」

梓は考え込んだ。そして「俊哉なら殺しちゃうかも」と呟いた。猪俣は身を乗り出した。

「なんで、俊哉が？」

「あの鬼ババア、俊哉を独占したかったんです。だから、二度と俊哉を指名するなって取り立てのときに脅してきたんです。私、それを俊哉に言ったら、俊哉もぶち切れちゃって。それで鬼ババアと喧嘩したみたいです。それ以外にも、あの鬼ババアは本当に卑劣で。俊哉を独占したいから、ホスラブで他の子がドン引きするような俊哉の悪口書いてたんですよ。店の金を不正に使っているとかも書いていました。あのババア、若作りしてるけど、独特な言葉遣いだったから、それもすぐにばれちゃって。俊哉は相当恨んでるんじゃないですか」

容姿が衰えてきた52歳の元歌手。若い女性にはとうてい太刀打ちができない。そんな焦りが担当ホストを貶めるという行為へ駆り立てたのか。なるほど、俊哉が怒るのも当然の話だ。彼の中で殺意が芽生えていた可能性はあるのだろう。

「でもどうやって、殺したんだろう？　睡眠薬を飲ませて、自殺に見せかけるようにして屋上から放り投げたのかな」

猪俣がそう言うと、大河原は「ダメダメ」と言った。

「猪俣さん、睡眠薬は検視とかやったら、すぐにばれちゃうんだって。そんな殺し方やってたら、今ごろ、警察が店に踏み込んでるよ」

「べつに睡眠薬なんか飲ませなくたって殺せますよ」

あっけらかんとそう言う梓を、猪俣は驚いて見つめた。

「鬼ババアは酒が弱くて有名だったんです。あいつ、強い酒飲んだらすぐ酔っぱらって寝ちゃうんですよ。介抱するフリして屋上連れてって突き落としたんじゃないですか」

猪俣は手が汗ばんできた。その可能性は十分あるように思えた。

「でも、それが本当だったとしても、立証できるかな……」

目撃者がいなければまず無理だろう。

死亡推定時刻は深夜の2時ごろだった。今は深夜営業が禁止となっているため、既にホストクラブの営業が終了している時間だ。客の目に付かないよう屋上へ連れて行くこともできただろう。

あれだけ太った女性を抱えて屋上へ連れて行くのだから、俊哉一人だけの力ではできないだろう。しかし、俊哉は店の代表だから、彼の命令とあらば、ホストたちも協力したはずだ。

「俊哉は黒いなあ。もう確定でしょ。猪俣さん、立証なんて必要ないよ」

大河原は猪俣の肩を叩き、そして梓を見つめた。

「姉ちゃん、あんたは運がいい。仮に踏み倒しがうまくいっても、謝礼は30万ぐらいに負けてやるよ」

「本当ですか？」

「ああ、素敵なネタを提供してくれたからね。な、猪俣さん？」

猪俣は、大河原の考えていることが手に取るように分かった。

森嶋碧をネタにホストクラブを恐喝するのだろう。５００万円か、１０００万円か——。仮に店が否定したとしたら警察に言うぞと脅しをかける。森嶋碧が俊哉と揉めていたことや、アルコールに弱かったという状況証拠を警察に持ち込めば、警察は捜査に本腰を入れるかもしれない。仮に彼らが森嶋殺害に店ぐるみで関わっていたとしたら、店としても警察に駆け込まれるのだけは避けたいところだろう。

しかし、猪俣としては、ここで一線は引いておかなければならない。

盗聴器を用いることはあったものの、それはあくまでもライターとしての取材のためだ。猪俣は、犯罪行為によって金を稼ぐことを自身に禁じていた。この手の取材をしていると、裏の儲け話は腐るほど聞いていたが、そこに手を出してしまうと、自分も向こう側の住人になってしまう。仮にパクられれば全ての信用を失い、路頭に迷う。20年以上ライター活動を続けられたのもこのバランス感覚あってのものだった。

「大河原君、俺、ここで降りさせてもらうよ。後は好きなようにやって」

大河原も理解した。

「猪俣さん、ありがとうね。またいいネタあったら、持ってくるよ」

大河原が手を差し出してきて、猪俣は握り返した。

お互いにWINWINの関係ではあったが、一歩間違えると、地獄に堕ちる。大河原との付き合いはいつもスリリングで、危うさを秘めていた。

メンヘラAV女優編

1

後期の授業が始まった。

夏休みまではリクルートスーツを着込んで通学していた綾香だったが、後期になってからはめっきり私服通学で、就職サイトのチェックもおろそかになっていた。出版社に就職しなくても、自分の好きな本を作ることはできることが分かってきたからだった。

猪俣は出版社のみならず、編プロからも仕事を引き受けていた。編プロというのは、編集プロダクションの略で、出版社の下請けで雑誌や本を作る会社だ。出版社の採用は狭き門だが、編プロの人員はおおむねどこも不足気味のようだ。

猪俣の紹介で編プロの社長に挨拶した際、綾香はその社長に気に入られ、明日からでも社員になって欲しいと口説かれた。その社長は、給料は出版社よりも安いものの仕事は出版社よりも遣り甲斐はあると力説した。綾香としては大学卒業後、その編プロに就職するかどうかはまだ決めかねているが、給料にはさほどこだわっていないこともあり、選択肢の一つとして考えていた。

　授業を終えて大学の構内を歩き、駅へ向かう。家に直行はしないで、今日も猪俣の事務所に寄るつもりだ。最近は大学の授業が遅くまであっても事務所に寄るのが日課になっていた。

　ポケットの中でスマホが振動したので見てみると、SNS上でメッセージが入っていた。猪俣からだ。URLだけが貼りつけられている。クリックすると、動画サイトのユーチューブに飛んだ。タイトルは「荒波果歩の元気一発！」となっている。

　綾香は通りを歩く通行人の邪魔にならないよう、道の隅に寄って動画を再生した。

　自分の部屋の中で撮影しているのだろう、20代半ばぐらいの女性がシャツと短パンのラフな格好で喋っている。

〈はーい、今日も荒波果歩のお時間がやってまいりました。皆さま、今日のためにちゃんと精子は溜めておいていただけたでしょうか？〉

　茶髪のショートカットで、パッチリとした目のかわいらしい女性だ。彼女が、タイトルで銘打たれている荒波果歩なのだろう。

　リアルタイムで視聴者とやり取りしながら配信した動画を、誰かがユーチューブ上に転載しているようだ。画面の左から右に向かって、視聴者が配信動画を見て書きこんだ文字が流れていく。

――今日は何やってくれるの？　エロいのキボンヌ
――また、このメンヘラは性懲りもなく……

果歩はそのコメントを読んで頬を膨らませた。

〈メンヘラぁあ？　よくもいったなあ。まあ、病んじゃってるけどね。じゃあ、さっそく今日もクスリ飲むっかな〉

立ち上がり、画面から消えていく。そして戻ってくると、ニッと笑い、赤い錠剤を手でつまんで視聴者に見せた。

――またいつものやつ？

――誰かいい加減、警察に通報しろよ
綾香は胸騒ぎがする。

〈べつに違法じゃないから大丈夫だよ。じゃじゃーん。果歩のお薬ターイム！〉

果歩はハイテンションで叫び、錠剤を口の中に入れた。

そして再び視聴者とやり取りを始める。

視聴者からどういうパンツを履いているのかと問われると、果歩はスカートをめくって見せる。更に後ろ向きになり、お尻を突き出した。

次第にそのパフォーマンスが怪しくなってくる。

支離滅裂な奇声を上げながら、くねくねと体を動かしたり、飛び跳ねたりした。その動きは無軌道で、脈絡のない感じだった。何かに憑依されているかのようだ。

シャツを脱ぎ捨てて、上半身はブラジャー一枚だけの姿になる。

目の焦点が合っていない。カメラすらも目に入っていないようで、果歩は、メロディーもろくにないような歌を歌い始めた。

綾香はユーチューブのサイトを閉じて息をついた。いつものことながら悪趣味な男だ。何の説明もなく、こんなものを送ってくるとは……。

2

猪俣の事務所に入った綾香は、デスクで仕事をしている猪俣を咎めた。

「さっきの何だったんですか」

「面白かっただろ。あのぶっ飛び具合」

「見苦しかったです」

「けっこう人気のあるAV女優でさ、ここんところ、ああいう動画を配信してるんだよ。取材したら面白いと思って、さっき事務所に電話かけたら明日話が聞けることになった。一緒に行くか？」

綾香はキャバクラや風俗などの夜の仕事が嫌いだったが、それ以上に理解が苦しんだのがＡＶ女優という仕事だった。

セックスという、本来であれば好きな男とやるはずの行為を不特定多数の男性と行う。そればかりか、その行為を映像に収めて販売する。親や知り合いに見られる可能性もあるわけで、その社会的なリスクは計り知れない。

もっとも、この仕事に興味がないかというと、そういうわけではない。むしろ、なぜ、そういう仕事を選択したのかというところには興味を覚えた。

翌日、綾香と猪俣は西新宿の駅で待ち合わせして、そこから数分ほどの場所にあるビルに入居しているＡＶ事務所の「パンディット」を訪れた。

デスクが五つ並んでいて、３人の男性従業員が作業している。奥には半透明のブースで区切られている一角があり、４人掛けのテーブルが設置されていて、そこに案内された。

丸い眼鏡をかけ、口ひげを伸ばした40代の男性が、にこやかな笑みを浮かべながら現れた。手渡された名刺を見ると、そこには「イヌジー大槻」という名前と、「パンディット代表」の肩書が記載され、赤い唇のロゴがプリントされている。何とも怪しい。

「ねえねえ、猪俣さーん、最近、新しい子が入ったのよ。これがまた、かわいらしい子なのよお。グラビアページとかで取り上げてやってよ」

オネエっぽい喋り方だ。眼鏡の奥の目が怪しい輝きを帯びていて、綾香は目を逸らした。

「これこれ、見てくれる？　ほんっとにかわいいんだから。今のお勧めの4人よ」

イヌジーは、女の子の写真がプリントされたプロフィール写真を並べた。綾香はそのルックスの高さに息を呑み、思わずつぶやいた。

「みんなアイドルみたい……」

「お嬢ちゃーん、今の時代、アイドルを目指すようにAV女優になるのよ。いや、むしろアイドルよりもAV女優を選ぶ子の方が増えてるって言ったほうがいいかしら」

何の冗談だろうか。アイドルとAV女優だったら9割9分の女性はアイドルを選択するだろう。

ふいに、イヌジーはずいと身を乗り出してきた。その怪しい目が、ねっとりと綾香の全身を舐めまわす。綾香は背筋に悪寒を覚えた。

「AV女優になって人気が出るのは、AVやらなさそうな素人っぽい、清楚な子なのよねえ。そう、まさにあなたみたいなタイプ。あなたこそ、まさにAV女優になるために生まれてきた女だわ。単体の5本契約で1500万円は固いんじゃない？　お嬢ちゃん、AVに出て新たな人生を切り開いてみない？」

「……え」

綾香が口ごもっていると、猪俣が横から口を出してきた。

「実は、彼女、就活がうまくいってなくてね、これからどうしようかって相談を受けていたところだったんですよ。イヌジーさんが売れるって言うなら間違いないね」

「猪俣さん、本当にいい子紹介してくれて嬉しいわ。この子が売れたら、ちゃんと紹介料払うから期待していてね」

「私はＡＶなんてやりません！」

綾香は怒った。２人とも笑った。タチの悪い冗談だったようだ。

猪俣は本題を切り出した。

「今日来たのは、荒波果歩ちゃんのことなんだけど。あの放送、どういう意図でやっているの」

「実はあれ、うちは管理していないのよ。あの子が勝手にやってるの。だって、有料のライブチャットならいいけど、無料の放送なんて事務所には何の得もないじゃない。プロならタダで脱いじゃダメでしょ」

「でも、それで知名度がアップして、仕事が取りやすくなったりするんじゃないの？実はイヌジーちゃんが裏で操ってるとか」

「いやいや、それはないわよ。だって、あんなん逆効果じゃない。病んでる系っていうかさ、あんな子が来たら、メーカーは怖くて撮れないでしょ。実はさ、猪俣さんだから打ち明けちゃうけど、ここ数日、果歩とは全然連絡とれてないのよ」

「え、そうなんだ」

「うん。これまでもよく連絡とれないことはあったから、気にしていないんだけど。まあ、もう果歩は厳しいわよ。やるところまでやっちゃったしね」

イヌジーは苦笑いを浮かべた。

話を終えて事務所を出るとき、中国語が聞こえてきた。電話口で従業員が中国語で喋っているようだった。

なぜ、中国語なのか。綾香は不思議に思った。

3

猪俣が実話系の雑誌の企画会議に荒波果歩の企画を出したところ企画が通った。ただ、猪俣は歌舞伎町のムックの制作で手が空かなかったため、綾香がリサーチを任された。果歩にまつわる情報を集め、それをまとめるのが役目だ。

「AVのサイトは幾つかあるけど、一番内容が充実しているのがDMMだな。そのアダルト版を見れば、だいたいの出演作は載ってるはずだよ」

猪俣の指示に従い、まずは果歩の出演作をチェックする。正直、AVを見たいとは思わないが、これも仕事だと自分を納得させ、パソコンを立ち上げた。このパソコンは以前、若い女性が使用していたというが、彼女もそんな調べものを頼まれたのだろうか。だとしたら、お気の毒である。

荒波果歩の名前を打ち込むと、157本のDVDがヒットした。尋常ではない本数だ。時系列に沿ってさかのぼって見てみる。

最も古い作品は、4年前の『荒波果歩　AVいきません！』というタイトルだった。このタイトルはどういう意味なのだろうか。パッケージ写真の果歩は水着姿で、アイドルのようにニッコリと笑っている。

スクロールすると説明文が記載されている。

「人気グラビアアイドルの荒波果歩ちゃんが、AV一歩手前のR18の着エロに登場！　AVにはいかず、アイドルとして踏みとどまる果歩ちゃんのギリギリのエロパフォーマンスをご覧あれ！」

これはAVではなく、AV一歩手前の「着エロ」と呼ばれているジャンルの作品らしい。果歩はこれまでもグラビアアイドルとしてイメージDVDを出していたようだが、このDVDに関しては、R18の内容になるため、DMMのアダルト版の枠で販売されているようだ。

予告編をクリックすると、Tバックを履いた果歩が四つん這いのポーズをして、ほとんど丸見えのお尻を突き出していた。続いてブラジャーを外して、乳房が見えないよう手で胸を隠す。更には、布団の上に横たわって、まるで正常位でセックスしているかのように股を開いて腰を振っていた。

AVとは、男女がセックスする様子を映し出すものだが、この作品には果歩だけしか出演していない。

続いての出演作を見てみる。前作が「AVいきません！」というタイトルだったにもかかわらず、その3か月後に発売されたのは『荒波果歩　AVデビュー』だった。

こちらの予告編も見てみると、スカートをはためかせ、森の中を散策する果歩の姿から始まり、続いて、若い男優とベッドの上で抱き合うセックスシーンが映される。果歩は艶やかな喘ぎ声を上げげている。映像は綺麗に撮られていて、映画のワンシーンのようにも見えなくもない。

その後の出演作もざっと見ていった。

『荒波果歩　初イキッ！』、『荒波果歩とドキドキ初デート』、『荒波果歩のご奉仕メイド』、『エロキュート』といったタイトルが続く。パッケージの表の写真は、脱いでいる写真は全くなくて、私服や、女子高生の制服やコスプレ衣装、水着ばかりだ。

『荒波果歩とドキドキ初デート』では、まるでデートでもしているかのように、カメラに向かって「今日は晴れてよかったね」と、舌足らずな口調で話しかける果歩が映される。視聴者はこれを見て、果歩と実際にデートしている気分になるのだろう。

15作目を超えたあたりから、にわかに怪しいタイトルと表紙が増えてきた。『ぶっかけ×ごっくん30連発』、『昏睡キメセク』、『極上肉奴隷』、『性玩具にされた落ちこぼれ生徒』といったタイトルが並ぶ。そして発売月を見ると、同月に5本以上の作品に出ていることもあった。

試しに『白目痙攣イキ狂い地獄』という作品を見ると、果歩がM字の格好になるように椅子に四肢を拘束され、電動マッサージ機を陰部や乳房に押し付けられたり、そんな格好のまま、2人の男優が果歩の口と性器に挿入する映像が収録されていた。

果歩の口に性器を入れている男優は、果歩の頭をつかんで思い切り腰を果歩の口腔の奥まで突っ込む。果歩は苦しそうにもがくが、拘束されているため動けない。また、10人ぐらいの男性が次々と果歩の顔に向かって射精したり、3人の男が口と性器とアナルの三つに同時に挿入するという過激なプレイもあった。映像の中の果歩は苦しそうで、泣き叫んでいた。

ほんの2分程度の予告編だったが、綾香はげんなりした。こんなのを見ていると、男性不信になってしまいそうだ。

イヌジー大槻いわく、最近の女の子たちはアイドルになるようにＡＶ女優になるという。確かに果歩のデビュー当初の出演作は、性行為が映されているとはいえ、そのパッケージも中身の映像もアイドルのように綺麗に撮られていた。しかし、最近の作品となると、まるで虐待を受けているような攻めを受けていたり、顔中が精子塗れになったりと、アイドルとは程遠い。

綾香は重苦しくなった気分を一新するため外へ出た。

ビルを出ると、無料案内所の鏑木が外に立って煙草を吸っていた。

「麻生ちゃん、今日もかわいいね。君ならどの店に行ってもランキングに入るんだろうけど」

「いえいえ、そんな。気を使っていただなくてけっこうです」

ほとんど挨拶代わりとなったやり取りをかわす。立ち去ろうとしたところで、ふと綾香は思い至り、尋ねてみることにした。

「鏑木さん、AVって詳しいですか？」

「ん？　詳しいよ。昔はスカウトやって、風俗とかAVにも斡旋していたからね。麻生ちゃん、AVやるの？　君だったらAVでもかなり売れると思うよ」

「やりません」

なぜ、みんな自分をAV女優にさせようとするのだろうか。

綾香は手短かに荒波果歩のことを話した。

「ああ、荒波果歩ね。俺、けっこう好きだよ」

「なんか、見てて気の毒になったんですけど。最近の出演作はすごい過激で」

「まあ、彼女がやりたくてやってるなら、いいんじゃないかな。内容は過激でも、撮影現場は和気あいあいとしているもんだよ」

「そんなもんなんですか」

「うん。そんなもん。それに、あれだけ長くやってると、普通の絡みのＡＶなんて撮っても売れないだろうしね。今、ＡＶ女優って５０００人ぐらいかな。常に新しい女の子たちが出てきていて、お客さんはすぐに目移りしちゃうから。ＡＶを続けるなら、新しいことに挑戦しないとやっていけないんだよ。ＡＶ女優にはＮＧ項目っていうのがあるんだ。ぶっかけ、ごっくん、レズ、アナル、ＳＭ、複数プレイ、中出しとかね。女優は自分ができないプレイにＮＧを付けていく。活動するうちに、前と同じ内容だと売れないから、ＮＧを外していかないと仕事が取れなくなるってわけ」

自分だったら、あんな過激なＡＶに出演してまで女優は続けたくないと思ってしまうのだが、ＡＶ女優の感覚は違うのだろうか。

4

事務所に戻った綾香は、引き続き果歩の情報を集めた。

果歩は週に2回ぐらいの割合で、不定期に動画配信を行っていた。配信された動画は、おそらく視聴者の手によるものなのだろう、ユーチューブにも転載されていた。

一つずつ見た。

コメントは果歩を応援する者が半分、からかい半分の者や罵倒する者が半分といったところだ。

時には、「肉便器　偉そうに語るな」といった、ひどい罵詈雑言が書きこまれることもあった。ただ、果歩はそんなコメントには慣れた様子で、「はいはい、私は最高の肉便器ですよ。みんな利用してくださいね」と切り返す。すると、果歩の応援者が、罵倒コメントを投稿した者を非難するといった応酬が行われた。

綾香は果歩の心の強さに感服した。しかし、そんな果歩ですら一度、ひどく取り乱したことがあった。

それは「ミズキちゃんはあんたのこと見て悲しんでるよ」という書き込みがキッカケだった。その後も同じユーザーはコメントを連投した。

——綺麗なところで一緒にのし上がろうって約束したんでしょ？

——あなた、今の自分のやってること自慢できる？

このときばかりは、果歩は黙り込み、涙を流し始めたのだった。

おそらく、書きこんだ者は果歩の昔からの知人なのだろう。

綾香はＡＶ女優という仕事を好意的に捉えていなかったが、このコメントの投稿者には反感を覚えた。この動画配信のタイトルには、ＡＶ女優である荒波果歩の名前が銘打たれている。つまり、ここは彼女の仕事場だと言ってもいい。そこに、昔の果歩を知る者が書きこむのはルール違反だと思ったのだ。

もっとも、このとき、ひとしきり泣いた果歩は、いつものようによく分からないクスリを飲み、ハイテンションになった。そして奇声を上げ、ストリップのように服を脱いで、カメラにお尻を向けてエロチックなポーズを取った。このときになると、果歩の知人も動画配信サイトから去ったようで、いつも通りのハプニングを楽しむ者たちの投稿で溢れかえった。

あの薬は何なのだろうか。危険ドラッグか、非合法な麻薬なのではないだろうか。果歩のはしゃぎっぷりは異常で、綾香は見ながらゾッとする。

クスリを飲んでストリップをやって、よく分からないまま終わるというのが、おおむね共通しているパターンである。

ただ、そんな枠にはまらない放送もあった。

それはつい最近、２週間ほど前にアップされた動画だった。果歩が配信を始めてからしばらく経って、玄関のドアが開く音がした。誰かが部屋に入ってきたようだ。その後、果歩は画面から消え、声の方向へ歩いていった。男と女の声が聞こえてくる。それは中国語だった。女の声は果歩である。

――中国語？

――果歩ちゃん、中国語話せるの？

視聴者のコメントが連なる中、果歩は画面から見えないところで、1分ほど男と中国語で話していた。果歩は画面の前に戻ってくると、「ごめんね、今日はちょっと用事ができちゃった」と謝り、そこで放送を終えた。エロを期待していた視聴者にとっては肩透かしだっただろう。

綾香は果歩の事務所に行ったときのことを思い出す。あの日、中国語を喋っている社員がいた。この配信の途中で果歩の部屋にやってきたのは、あの事務所の社員なのだろうか。2人は中国語でどういうやり取りをしていたのだろうか。綾香は気になった。

周りで中国語のできる人と考えたとき、一人だけ思い当たる人物がいた。SNSでメッセージを送ってみた。

〈第二外国語は中国語だよね。聞き取ってもらいたい会話があるんだけど〉

すぐに瞳から返信があった。

〈中国語の会話なんて聞き取れないよ。ちょっとは読めるけど。うちのバイト先に中国人がいるから聞いてみようか？〉

そう言えば、最近、瞳は都内のイタリアレストランで働いていると言っていた。最近はどこにでも中国人はいるものだ。

　綾香は、この果歩が映っている動画を赤の他人に見せるのは憚れたので、パソコンで再生した音をＩＣレコーダーで録音し、データを送付した。

　時刻が夜の10時を回ったところで、帰り支度を始めた。先ほどから、猪俣は、携帯で話していて困惑した表情を浮かべている。何かトラブルでも起こったのだろうかと聞き耳を立てた。

「……え？　そうですか……。いやあ……まあ、企画は通ったんですけどね……イヌジーさんが言うなら、まあ、しょうがないですよねえ……」

　イヌジー？

　猪俣はため息混じりに電話を切った。

「果歩さんの事務所ですか？」

「うん。果歩のことは書かないでくれって頼まれちゃってさ。このことで世間の注目を集めるのは他の所属女優に悪影響だから嫌なんだって。とりあえず調べてもらって悪いけど、企画はストップしようか。イヌジーさんの機嫌を損ねて今後の付き合いが悪くなるのも何だしな……」

　イヌジー大槻と会ったのは、２日前のことだ。そのときのイヌジーは、果歩のことを尋ねても嫌そうな素振りを見せなかった。なのに急にこんなことを言ってくるのは釈然としない。

ひょっとしたら、連絡が取れない以上の何かが、現在進行形で起こっているのではないだろうか。気にはなったものの、猪俣がこれ以上、この件を追いかけないというのだったら綾香の仕事もここで終わりだった。

5

2日後、瞳から電話があったとき、綾香は、瞳に中国語の聞き取りをお願いしていたことをすっかり忘れていた。

「綾香、何かヤバい取材してない？」

「ヤバかった？」

「明日、学校行く？　昼過ぎに会おう」

実はもうその翻訳の必要はなくなったと言い出すことができず、綾香は了承した。

翌日、久しぶりにカフェテリアで顔を合わせた瞳は、その顔に好奇心と不安の入り混じった表情を浮かべていた。いったい、何が書かれていたのだろうか。瞳から、印字された紙を受け取って眺めた。

男「放送中か？　話がある。中断しろよ」
女「ダメだよ。これから楽しみにしてる人がたくさんいるんだもん。話があるんだったら今言って」
男「昨日、途中で帰ってきただろ。苦情が来てるぞ」
女「だって、乱暴だったんだもん。青龍の紹介してくる奴らって、なんで、こんなにタチが悪いの」
男「金払ってるんだから、ちょっとは我慢しろよ」
女「金、金って、私は女優なの。なんで、こんなことしなきゃいけないの」
男「しょうがないだろ。仕事がないんだから。稼がなきゃ薬も買えないぞ」
女「あんた、私のことよりお金の方が大事なんでしょ」
男「俺の立場も考えてくれってことだよ」
女「じゃあ、私のことより自分の立場の方が大事なの？」
男「分かった、分かったから。おまえが一番大事だからさ。ゆっくり話し合おう。俺もおまえがどうしてもって言うなら腹くくるからよ」
女「うん。じゃあ、ちゃんと話をしよ。……放送中断してくる」
男「今の、全部流れてた？」
女「大丈夫、大丈夫。中国語だから」

何度か読み返した。

ここから分かることは、果歩がAV女優以外にも、客を接待する仕事をしていること。青龍という組織がその客の仲介をしているらしく、その客はろくでもない奴らばかりだということ。そして、果歩はクスリが欲しいがために、その仕事を辞めたくても辞められないということだった。瞳が「ヤバい取材」というのも納得だった。

では、果歩と、この中国語を喋る男はどういう関係なのだろうか。

「バイトの黄くんが言ってたんだけど、この男は中国の北の方の訛りがあるって言ってた。あと、女の方は日本人だろうけど、一応、ちゃんと中国語は話せているって」

「そうなんだ。ありがとう。この翻訳、凄くうまいね。映画のセリフみたい」

「黄君が言ったことを、私が意訳したの。私、脚本の勉強もやってるから、こういうの得意なんだ。自然な台詞になってるでしょ？」

「え、脚本やってるの？」

「まだ全然だし、恥ずかしくて言えないレベルだけどね。ゆくゆくはちゃんとした脚本家になりたくて」

「もう商社に内定してるのに？」

「社会経験積みながら目指すのがいいかなあって。その経験もきっと生きるから」

「ウソ、そんなに本気で目指してるんだ」

友人の意外な一面に戸惑う。

「それよりさ、綾香、この男と女って、どういう奴らなの？」

瞳は好奇心を抑えられないように聞いてくる。

綾香は成り行きを説明した。ＡＶやクスリなどの話をすると引かれるのではないかと思ったが、瞳は抵抗なく聞いていた。綾香は事務所から果歩の原稿を書かないでほしいと頼まれたことも伝えた。

「へえ。面白い。これ、絶対に何か起こってるね」

瞳は目を輝かせる。

「やっぱり、そうかな」

「うん。連絡が繋がらないって、この果歩って人、死んじゃったんじゃない？　クスリのやりすぎとか。この青龍ってグループに消されちゃったとか。事務所は何か知ってて、それで叔父さんに書かないでくれって頼んだんじゃない？」

「瞳、恐ろしいこと言うね」

果歩はこの10日間、動画の配信をしていない。それまでは週に１回か２回ぐらいの頻度で行っていたのに、だ。それに、５日前からツイッターも更新していない。

「次は、どこに取材するの？」

「だから言ったでしょ、取材は終わりだって。雑誌のページがなくなったんだもん。それに、事務所からもお願いされてるし」

「べつにいいじゃん。取材してみて、それがスクープだったら、別の雑誌に企画で売り込めばいいじゃん。ライターなんて、いくらでもペンネーム変えられるでしょ？　ばれない、ばれない」

そう言えば、猪俣は女子高生の記事を執筆した際、一方の雑誌では、人気ＪＫリフレ嬢の心愛をほめたたえながら、別の雑誌では、ペンネームを変えて、彼女の悪事を書きたてていた。猪俣だったらそういうこともやるのかもしれない。

「猪俣さんにこの紙見せて、どうするか聞いてみる」

綾香はそう言って、瞳から受け取った紙をバッグの中にしまった。

瞳と別れ、大学構内を出て駅へ歩いた。

それにしても、と考える。

失礼ではあったが、瞳のことは、世渡りがうまくて、世間の薄っぺらいところだけを見て生きている女だと思い込んでいた。

しかし、それは思い違いだったのかもしれない。

瞳は、脚本家というクリエイティブな職業を目指していた上、アンダーグラウンドな世界にも興味を持っているようだった。こんなに長く付き合っていたにもかかわらず、綾香は、そんな彼女の一面を今日初めて垣間見た。

そして、綾香は瞳のことを考えながら、何かが心の中で引っかかっているのを感じていた。

6

猪俣の事務所へ到着すると、綾香は、瞳から受け取った紙を猪俣に見せた。猪俣は唸った。

「こいつは面白いな。でも、参ったなあ」

「イヌジーさんに書かないでくれって頼まれたからですか？」

「いや、それはたいした問題じゃない。理由は二つある。一つ目は、俺は今別の仕事が立て込んでいて、こいつを取材する時間がないってことだ。それから、もう一つ、この件には青龍が関わってるってことだ。青龍ってのは、中国マフィアでよ。あいつら、本当にタチが悪いんだ。仁義とかないから、日本のルールなんてお構いなしでよ」

「じゃあ、この件はもう追いかけないんですか？」

そう問いかけると、猪俣は考え込んだ。綾香はその返答を待ったが、猪俣の口から出てきたのは「腹が減ったから飯でも食いに行くか」だった。

　事務所を出て、池袋の街を歩いた。

「このへん、中国系の店が３００軒か４００軒ぐらいあるんだよ。だから、池袋チャイナタウンっていう別称もあるんだ」

「なんで、そんなに」

「池袋の辺りには日本語学校があってさ、中国人留学生がよく集まるようになったんだよ。90年代ぐらいから中国人の起業家が店を立ち上げて、それが成功したから、どんどん中国系の店が増えていったんだ。青龍の奴らも結構、この界隈に集まっててさ。あいつら、ショバ代って名目で同胞から金をむしり取ってるんだよ。最近、中国人観光客が日本に来て日本の商品を買いまくっていただろ。そういう観光客も騙くらかして金をぶんどっているよ」

「同じ中国人なのに……」

　裏社会ライターの猪俣ですら、彼らと関わりたくないと語る理由が何となく分かった。

　ビルの地下にある中華料理店に入った。ドアを開けると、出てきたのは中国人の従業員で、いきなり中国語で話しかけられた。猪俣は苦笑して「俺たち、日本人」と言った。

「あ、すいません。どうぞ」

　店員は片言の日本語で返してきた。ここは日本だというのに、綾香は中国語で話しかけられたことに驚きを覚えた。

猪俣と綾香は奥のテーブル席に向かい合って座った。店内は半分ぐらい埋まっているが、そこかしこで中国語が飛び交っている。日本人はほとんどいないようだった。

「横浜中華街は日本人の客がターゲットだけど、池袋の客はだいたい中国人だよ。味も横浜より本格的だな。どれにする？」

綾香はメニューを眺めたが、馴染みのない料理ばかりだった。蚕の繭炒めや、牛のペニス揚げといった信じられないメニューもあった。よく分からなかったので猪俣に任せた。

猪俣は中国人の女性店員を呼んで、メニューを指さして注文した。そして、店員が去ろうとしたとき、猪俣は彼女を押しとどめ、ポケットの中からスマホを取り出して画面を見せた。それは果歩の写真だった。

「知ってる？」

女性店員はしばらくの間、その写真を見つめ、拙い日本語のイントネーションで「知ってる」と答えた。

「よくこの店来る？」

「何度か来たね」

「男と一緒に？」

女性店員はうなずいた。

「男はチャイニーズ？」

「そうよ」

「謝謝。じゃあ、料理よろしく」

女性店員は厨房へ歩いていった。

「凄い偶然ですね……。果歩さん、ここに来てたんだ」

「偶然じゃねえよ。果歩のツイッター、見てみるとさ、よく中華料理に来てるんだよ。それがどう見ても、普通の店じゃない。料理が本格的なんだ」

「でも、池袋だけで、中華料理屋なんて何百軒ってあるんでしょ？」

「それはだな、ここが青龍の奴らの行きつけの店だからよ。ここのすぐ近くに奴らの事務所があるんだ」

綾香は全身に緊張が走った。ということは、今も、店の中に中国マフィアのメンバーがいるのだろうか。猪俣はそんな綾香の様子を見て笑った。

「気張らなくていいよ。あいつらだって、さすがに見ず知らずの他人に危害を加えてくることなんてねえから。麻生ちゃん、俺の隣に座らないか？」

「え？　はあ……」

４人掛けのテーブル席だったが、綾香は猪俣の隣に移動した。綾香は猪俣の意図が分かった。この席からだと、店内の様子を見渡すことができたのだ。

「俺たち以外はほとんど中国人だよ。でもさ、あそこに男と女のペアがいるだろ。あの女は日本人のような気がするんだよな」

猪俣が指し示した席には、中年男性と若い女性が座っていた。男性はその身なりや顔立ちからして、何となく中国人だと想像できる。一方の女性は美人だった。日本人なのか中国人なのかはよく分からない。

「麻生ちゃん、トイレに行くフリして、あのカップルの脇を通ってきてくれないか」

綾香は戸惑いつつも立ち上がり、通路を歩いてカップルの脇を通った。カップルの男は片言の日本語を話していた。女は「うーん、そうかなあ」と流暢な日本語で返している。猪俣の言う通り、男は中国人で、女は日本人のようだ。

綾香はトイレに入り、手洗いだけしてから席に戻る。綾香が報告すると、猪俣は満足げに頷いた。

「たぶん、あの中国人は日本に観光旅行中の中国人なんだろ。あの女はＡＶ女優だな。イヌジーさんのところの子かどうかは分からないけど、食った後はこのへんのホテルに行くんじゃねえかな」

「ホテルって、お金をもらってですか？」

「もちろんだよ。一晩１００万、いや、もしもあの子がキカタンや単体クラスの女優なら２００万円以上かもな。女の子の取り分はその何分の一かだろうけど」

「え、そんなに……」

途方もない額に唖然とする。

「日本のAV女優って、中国で凄い人気があるんだよ。中国にはそもそも、合法的なAVが存在しないからな。あの国の人たちはエロに飢えてる。だから、みんな日本のAVを見て、欲望を解消してるんだ。AV女優は中国に行くと、ハリウッドスター並みの歓待を受けるんだぜ」

「果歩さんもこういうことやってたんですかね」

「そういうことだろ。あの電話のやり取り聞く限りだと。AV事務所と青龍が手を組んで、AV女優を日本にやってくる中国人に提供してるんだよ」

そういうことだったのかと、綾香は衝撃を覚えた。青龍が中国人観光客を集め、AV事務所は女優をあてがっていたのだ。中国人が日本の商品を爆買いする様子がニュースなどで報道されていたが、その商品の中にはAV女優も含まれていたのか。

「でもよう、女の子の中にはいくら金が入ると言っても納得いかない子も多いだろうな。AV女優だっていうのに売春みたいなことさせられるんだから」

綾香は首を傾げた。

「売春って、普段の撮影からそういうことしてるじゃないですか」

「麻生ちゃん、分かってないな。イヌジーさんが言っていただろ。今のAV女優はアイドルみたいな感覚でやってる子も多いって。ましてや果歩なんて、もともとグラビアアイドルから始めたんだから、AVは風俗じゃなくて芸能の延長だっていう意識が強いだろうな」

「AVがアイドルみたいっていうのが、やっぱり理解できないんですけど」

綾香はどうにも納得できない。

「AVやる子の意識が変わったのは、2008年だろうな。その年、AV革命っていうぐらいのことが起こったんだよ」

猪俣はそう言ってニヤリと笑う。それは猪俣が自身の知識を披露するときの合図だった。

なんでも、2008年に「芸能人AVメーカー」のMUTEKIが誕生したのだという。そのメーカーからは、かつて第一線で活躍していた芸能人が続々とAVデビューした。また、その同年、AV女優を中心に結成された「恵比寿マスカッツ」が結成され、オリコンチャートで10位以内を獲得するぐらいの人気を博した。それによって、芸能とAVを隔てていた壁が大きく崩れたのだという。

「だから、今は中途半端にアイドルやるぐらいなら、AV女優やったほうがマシだって考える子も増えてるんだよ。AVはグラビアよりもファンの絶対数が多いから、知名度が一気に増すしな。週刊誌のグラビアだと、グラビアアイドルよりもむしろAV女優の方が重宝されているぐらいだよ」

「そういう時代になっていたんですか……」

　綾香は時代に取り残されていた感に捉われた。自分が知らなかっただけで、AV女優の世間での位置づけはこんなにも上がっていたのか。

　しかし、今の果歩の活動は果たしてアイドルのようなものだと言えるのだろうか。彼女がやっていることと言えば、虐待されるような内容のAVばかりに出演していたり、来日した中国人とセックスをしたりと、およそアイドルとは程遠い。ひょっとしたら、果歩はそういう現状に嫌気がさして、奇行に走っているのではないだろうか。

　そう想像を思いめぐらせていたとき、料理が運ばれてきた。キュウリのラー油漬け、冷やし牛肉といった料理がテーブルの上に並べられていく。綾香はキュウリを箸でつまんで食べた。

「辛い……でも、おいしい」

　これまで食べたことのない味付けだった。

「中国本場の調味料を使ってるからな。日本にある中華料理だと、味付けとかも全部、日本風にアレンジしてるから。だいぶ違うだろ」

　綾香は中華料理が好きで、昔からよく食べてきた。しかし、今まで食べてきたのは本物の中華料理ではなかったのかと思い知った。知っているようでいて、知らないことというのは多いものだと思った。

そう考えたとき、瞳の顔が頭に思い浮かぶ。あれだけ長い付き合いの瞳ですら、自分の知らない側面を持っていた。瞳は自分にそういう面を見せないようにしていたのだろうか。

いや、違う――。

綾香はふいに気づいた。おそらく、自分で勝手に「瞳は軽い女だ」とレッテルを貼って、それ以上、深く知ろうとしなかったのだ。

この2ヵ月間、猪俣の事務所で働いているうちに、綾香は、いかに自分が何も知らないで生きてきたか実感した。これまでは目の前のことで起こっていることであっても、興味がなければ、それを知ろうともしなかった。

瞳に関しても同じだった。

クラスのイケているグループに所属し、目立っていた瞳――。自分とは住む世界が違うと、綾香の方から勝手に壁を作っていたのかもしれない。ひょっとしたら、瞳は、自分と同じものを感じて近づいてきていたのかもしれなかったのに。

そして綾香は思い至る。

瞳と話した後、何が自分の中で引っかかっていたのか分かったのである。

7

事務所に戻った綾香は、赤いノートパソコンを立ち上げた。インターネットの履歴をさかのぼると、通販のサイトがあった。サイト上でパソコンのユーザー名にカーソルを合わせると、ｈｉｔｏｍｉという文字が出てきた。以前このパソコンを使用していた者の名前が、来歴情報を自動的に保存するクッキーによって表示されたのだ。

やはりそうだった。綾香の前にこの事務所で働いていたのは、瞳だったのだ。

瞳は猪俣ともう何年も会っていないと語っていたが、それはウソだった。

思えば、不自然なことは多々あった。普段はお節介なのに、綾香がこの猪俣事務所を訪れる際は同行すらしなかった。何年も会っていない叔父の元へ友人を紹介するとなれば、瞳の性格からすれば心配になって絶対に付いてくるはずだった。

それに、瞳はライターの仕事のことも深く知っているように思えた。「ペンネームを変えてのっけてしまえばいい」という発想は、猪俣の仁義に外れた仕事ぶりを見ていないと、一般人だと思いつかないことだろう。

そして瞳が脚本家を目指しているのだとすれば、猪俣はネタの宝庫のような人間である。瞳が興味を持たないわけがない。

猪俣は中華料理屋から戻ってきてからパソコンとにらめっこしている。仕事の納期が迫っており、ここ数日はろくに寝ていないようで、眠そうに目をこすっている。

綾香は窓を開けてベランダに出て、瞳に電話をかけた。電話口に出てきた瞳は焦った声だった。

「ごめん。今、修羅場でさ、彼氏と電話中なの。なんか、浮気を疑われちゃってて。また今度でいい？」

今の瞳の彼氏は確か6人目だった。これは運命の人だと日頃から語っているが、7人目になるのも時間の問題だろうか。綾香が電話を切ろうとすると、瞳は思い出したように早口でまくしたててきた。

「あ、そうそう。あのAV女優、ツイッター見たらさっき更新されてたね。明日、放送をやるから見てくださいって。その放送が最後なんだって」

「え、最後？」

「とりあえず生きてたみたいだね。じゃあ、またよろしく」

あわただしく電話が切れた。

「最後の放送」というのはどういうことなのだろうか。

可能性として考えられるのは、事務所側は、果歩と連絡が取れないと言っていたが、繋がったのかもしれない。そして、ああいう放送は好ましくないから辞めるようにと果歩に伝えたのではないだろうか。はたまた――。

綾香はベランダから事務所の部屋へ戻り、席に座って頭の中を整理した。

果歩はどういう気持ちで今に至っているのだろうか。

今やAV女優はアイドルのように人気の職業だという。おそらく、果歩も自ら進んで、この仕事を始めたのだろう。もともとグラビアアイドルとして活動していたというが、そこから一皮むけるためにAVに挑戦したのかもしれない。

しかし、何年も活動すると、AV女優としての価値は下がっていく。デビュー当初はアイドルのような扱いを受けていたが、最近の果歩の出演作と言えば、痛めつけられるような作品ばかりだ。それに、中国マフィアの青龍の仲介で、中国人観光客と売春までやっているという。

ここまでくると、彼女は実感せざるを得ないだろう。もう自分がアイドルとは程遠いところに来てしまったのだと。

そして、果歩は事務所の意向に反し、インターネット配信を始めた。怪しいクスリを飲んで、錯乱した醜態を晒し、ストリップするという行為を繰り返す。

その放送中、昔の知人が書きこんできたこともあった。そのときばかりは、果歩も自分の惨めさを実感したのか涙を流した。

綾香は、考えをまとめていくうちに疑問を覚えた。果歩のネット放送に書きこんだのは、本当に昔の知人だったのだろうか。

――ミズキちゃんはあんたのこと見て悲しんでるよ。

――綺麗なところで一緒にのし上がろうって約束したでしょ。

これまでの綾香の価値観からすれば、これは、ＡＶ女優になった果歩を非難する言葉にしか思えなかった。

しかし、ＡＶ女優という仕事は、今、一部の人たちの間ではそんなに恥ずかしい職業ではなくなってきているらしい。とすれば、ひょっとしたら、これは同業者が書きこんだ可能性はないだろうか。

あり得るかもしれないと思った。

綾香は、果歩の事務所のホームページにアクセスした。

メニューの中には、所属女優のリストがあった。50人以上のＡＶ女優の顔写真とプロフィールが記載されている。

ざっとリストを見渡すと、荒波果歩の名前があった。そして更に見ていくと、あった。早乙女瑞樹という女優がいたのだ。「ミズキ」だ。その名前をクリックすると、ブログとツイッターのアドレスが記載されていた。

綾香も一応、ツイッターにアカウントだけは登録している。早乙女瑞樹にメッセージを送るためには、相互にフォローしあわなければならない。しかし、瑞樹のフォロワーは４万人以上いたが、フォローしているのは１００人程度しかいない。瑞樹は、知り合いだけしかフォローしていないため、ツイッター上でダイレクトに連絡を取るのは難しそうだ。

しかし、相手の書き込みに対して返信するという手段によって、相手の注意を自分に惹きつけることはできる。

綾香は少し考えこみ、文字を打ち込んだ。

〈荒波果歩さんを青龍の方から助けたいです。相互フォローでメッセージください〉

青龍の名前を書こうかどうしようか迷ったが、ある程度、こちらも情報を持っていることを示さないと、相手にされないと考え、書きこんだ。

その作戦は成功した。

しばらくして瑞樹からフォローされ、彼女からメッセージが来たのだ。

〈あなた誰？　今、果歩がどこにいるか知ってる人は誰もいない。事務所も青龍も彼女の行方を知らない。楊はもう消された。どこまで知ってる？〉

綾香は息を呑んだ。そして返信した。

〈一度お会いして話せませんか？　ご都合のいい場所にお伺いします〉

これ以上、メッセージでやり取りしていると、自分が何も情報を持っていないことがばれてしまう。瑞樹から情報を聞き出すためには、じかに会って事情を話す方がいいと思ったのだ。

8

金曜の夜ということもあって、恵比寿の街は多くの人々で賑わっていた。

早乙女瑞樹は、待ち合わせの喫茶店の手前の席でコーヒーを飲んで待っていた。

「瑞樹さんですね？　私は麻生綾香と申します」

綾香が頭を下げて名刺を渡すと、瑞樹は意外そうな表情を見せた。

「あなた、ブイの子？」

ブイというのはＡＶの隠語なのだろう。

「いえ、ライター見習いです。果歩さんのことを調べているうちに色々と分かってきて。もっと知りたいと思って、瑞樹さんに連絡を取ってみたんです」

瑞樹は、綾香がろくに情報を持っていないことを知り、拍子抜けしたようだった。しかし、怒ってはいない。ライター見習いという綾香の肩書に興味を持ったのか、どういう雑誌で書いているのかとか、どこで働いているのかなど色々と尋ねてきた。

綾香が実話系の雑誌などを挙げると、瑞樹は笑った。

「ああ、読んだことある。ヤカラが表紙のやつだよね。へえ、そんなとこで書いてるんだ」

面倒見がよさそうで、姉御肌の人らしい。話しやすい雰囲気だった。

「瑞樹さんは、果歩さんと仲が良かったんですか？」

「まあね、あの子は妹みたいなもんだから、見てられないというか。ついついお節介だと思いつつも面倒見てたのよ。まあ、あの子も、楊と付き合ってから、私が何を言っても聞かなくなっちゃったけどね」

「楊っていうのは、青龍の人ですか？」

「うん。あいつが果歩を自分のモノにして、クスリ漬けにしたの。でも、そんな楊も今じゃ……」

「今じゃ？」

「こんなことライターに話したのが私だってばれたら、イヌジーさんに何て言われるか分からないんだけど」

「絶対に誰から聞いたかは言いません」

瑞樹はじっと綾香を見つめた。信用していいか見極めているかのようだ。綾香は緊張した。瑞樹は話してもいいと思ったのだろう、口を開いた。

「果歩がAVにデビューしたのは4年ぐらい前だったっけ。転機になったのが確か『ぶっかけ×ごっくん30連発』って作品だった。あれ、果歩はろくに撮影の内容を聞いてなくて、現場に行ってみたら、何十人っていう男優がいてビックリしたんだって。そのときの担当マネージャーが本当にクズで、勝手にNG項目から、ブッカケを外しちゃったのね。そしてメーカーと共謀して、果歩を騙すような現場を組んじゃったの」

その日、30人以上から全身に精子を浴びせられた果歩は、呆然自失となって、撮影後は泣き続けたという。

「普通、そういうことがあったら、この業界が嫌になって辞めそうなもんだけど、あの子は逆だった。自分から志願して、そういう凌辱系の作品にばかり出るようになったの。なんか痛々しくてね、私はあの子に会うたびに励ましていた。でも、あの子はどんどん壊れていった。楊っていう男に惚れ込んで、中国人相手の商売を始めたのもその頃ね。これからは中国だとか言って、中国語も勉強し始めて。私もうちの事務所がそういうことやってるのは知ってたけど、果歩がやるとは思わなかった。あの子はもともとグラビアアイドルだったし。あんなのやるのは、こう言っちゃなんだけど、お金儲けでAVやってる企画レベルの女優。ちょっとでも名の知れた子はやらないから」

「綺麗なところで一緒にのし上がろうっていうコメントを動画配信で見たんですけど……」

「ああ、あの書き込みは私の後輩が書いたの。別に私が指示したわけじゃない。普通の人から見たら、AV女優なんてって思うかもしれないけど、私は、AV女優って表現者だと思っているから。プライドを持つようにって、後輩たちにも言っているわね」

やっぱりそうだったのだ。AV女優という世界の中でも、彼女たちが考える「綺麗な場所」と「汚い場所」というのはあったのだ。

「ツイッターのメッセージだと、楊っていう男が消されたって書いてあったんですが……」

「楊は組織を裏切ってね、果歩と二人で逃げたの。でも、錦糸町にある楊の行きつけの店を青龍が張ってて、そこで捕まったのね。それで拉致されて消されちゃったって噂よ。あいつら裏切者は絶対に許さないから。これはほんの数日前のこと。あくまでも噂だから分からないけどね」

物騒な話に綾香は怖気だった。こうも簡単に人は消されるものなのだろうか。この事件があったことで、イヌジー大槻は、記事に書かないでくれと頼んできたのだろうか。

店の壁にかかっている時計が目に入った。夕方の7時に差し掛かるところだった。もう少しで果歩の最後の動画配信の時間である。瑞樹も、今日、その放送が行われることは知っていた。

「一緒に見てみましょうか」

瑞樹はパッドを取り出し、果歩の放送のサイトに繋いだ。

しばらく経って、果歩の姿が映し出された。

いつもと違う場所だった。壁際には女性のヌードの絵画が立派な額に入れられて飾られている。

「あれ、ここ……」

「知っているところですか？」

瑞樹は黙り込んだ。

〈今日は最後の放送でーす。お薬をたくさん用意してるから、さっそく始めていこっか〉

テーブルの上には何十錠という数の色とりどりの錠剤が置かれている。

——超エロくなりそう。

——今日はどこまでいっちゃうの？

視聴者の期待のコメントが連なる。最後の放送ということもあるのだろう、視聴者数は1万人を越えていた。

果歩は錠剤を飲みこんだ。

「あれはタマって呼ばれてるんだけど、MDMAね。れっきとした禁止薬物よ」

瑞樹はそう説明した。全世界に配信される放送で禁止薬物を飲んでストリップをするなど、正気の沙汰ではない。長期間にわたって、麻薬の摂取行為を配信しながら逮捕されなかったのが不思議なぐらいだ。

果歩は再びクスリを手に取って飲みこんだ。いつもならここでエロチックなパフォーマンスを始めるところだったが、果歩はじっと部屋の一点を眺め、動かない。どうもいつもとは様相が違った。

瑞樹の顔が強張っていた。

「あの子、自殺するつもりだ！」

「えっ、まさか……」

「ここはイヌジーさんの家なの。果歩の親友にイヌジーさんの愛人がいるんだけど、彼女から家の鍵を奪ったんだわ。ここで死んで事務所に腹いせするつもりなんだと思う」

果歩は3錠目を飲みこんだ。

このときには視聴者も異常な状況だというのが分かってきた。

――おい、やばいぞ。

――誰か警察呼べよ
〈みんなぁ、今まで見てくれてありがとう〉

果歩はろれつの回っていない口調で言う。

瑞樹は携帯を手に取り、警察に電話をかけた。知り合いの女性がインターネット上で生放送をやっていて、そこで自殺しようとしていると早口で伝えている。しかし、果たして今から向かって間に合うだろうか。

果歩は大量の薬を手につかんだ。それを口の中に入れようとしたとき、ドアが開く音がして、２人の人間が駆け込んできた。

男と女だった。

綾香は目を見張った。猪俣と瞳だったのだ。

9

綾香は瑞樹とともにタクシーに乗りこんだ。イヌジーのマンションへ行くと、建物の前の道路にはパトカーと救急車が停車していた。

イヌジーが居住しているという三階の部屋へ入ると、警官や救急隊員など多くの人でごった返していた。イヌジーが憔悴した様子で立ち、果歩の傍らには、警察や救急隊員が寄り添っている。果歩はぐったりと座り込んでいたが、命に別状はなさそうだ。

瑞樹は果歩に駆け寄り、心配そうに「大丈夫？」と尋ねた。

「あ……瑞樹さん。大丈夫です」

「なんで、こんなことやったのよ」

「だって、楊が……イヌジーさんが殺したって言うから」

果歩は嗚咽でむせぶ。それを聞いたイヌジーは声を張り上げた。

「青龍の奴らが示しがつかないってヤキを入れただけ。殺してなんかいないわよ。あいつは生きてるわよ」

「なんで、ウソ言うんですか」

と果歩が口を尖らせている。

「だって、果歩は大事なうちの女優だからよ。あいつは、あんたをクスリ漬けにした悪党じゃない。あんな奴とは縁を切って欲しかったの」

「違うよ。楊だけだもん。私のこと、ちゃんと思ってくれたのは。クスリだって、私が不安定だから、処方してくれたの」

事務所と果歩の思いは見事にすれ違っていた。確かに楊は果歩を堕落させた男なのだろう。しかし、彼は、青龍という巨大な組織を裏切ってまで、果歩と生きることを選択し、それによって制裁を受けた。周りがどう思っていたにせよ、二人が愛し合っていたのは事実なのだ。

奥の部屋へ入ると、猪俣や瞳の姿が見えた。2人は警察の聴取を受けていた。

「おお、麻生ちゃん」

猪俣が声を上げる。猪俣の隣に立っていた瞳が、驚きで目を見開く。

「あれ綾香、なんで、ここが分かったの？」

「瞳こそなんで。私はこの瑞樹さんに聞いたの。ここがイヌジーさんの家だって」

「へえ、凄い。独自のルートで取材してたんだ。ちょっと、ここ出て話そうか」

瞳は、傍にいた警官に「私はもういいですよね？」と断りを入れ、場を外れた。

マンションの外へ出た綾香と瞳は、そこから数分歩いたところにあるファミリーレストランへ向かった。

「なんで黙ってたの」

「何が」

「瞳、ずっと叔父さんのところで働いていたんでしょ。赤いノートパソコン、瞳のやつなんでしょ」

「ああ、それ、もうばれちゃってたんだ。私は言ってもいいと思っていたんだけどね。叔父さんが、言わないほうがいいって言ったの」

「なんで」

「それ伝えると、綾香は瞳にできるなら自分もできるって思って頑張っちゃうからだって」

「意味わからない」

「この業界、深入りすると痛い目に遭うことってあるじゃん。最初のうち、そういう感覚は自分で磨かなきゃいけない。どこで突っ込むか、どこで引くかって」

綾香はその言葉の意味を考えてみる。猪俣の取材対象は確かに特殊ではあった。しかし仮に瞳が働いていたことを知ったとして、自分が危険を顧みず対象にのめり込んでいただろうか。分からない。

「じゃあ、もうひとつ質問。なんで、猪俣さんと瞳は、放送のすぐ後に到着できたの？」

「果歩さんがあの放送の直前にツイッターに書きこみしていたんだよね。『今日はここで放送する』って書いて、部屋の写真をアップしたの。その写真にはＥＸＩＦが付いていた。ＥＸＩＦっていうのは、カメラの情報データ。ＧＰＳ機能をオンにして撮ると、その画像データを見れば、どこで撮ったか、すぐ場所が分かっちゃうでしょ」

「ああ。それね。普通、その機能はオンにしないけど」

「うん。果歩さんの他のアップされた画像を見ると、どれもオフになってた。でもここ数日、彼女、姿をくらませていたでしょ。その間にＧＰＳがオンになってるトバシの携帯を用意されたんだと思う。それでよく確認しないまま投稿しちゃったみたい」

そういうことだったのかと綾香は納得した。

それにしても、瞬時に写真を解析し、それをいち早く叔父に知らせた瞳は凄いと、綾香は舌を巻いた。こんな有能な前任者が猪俣の助手として働いていたと知っていたら、それはそれでプレッシャーになっていたのだろう。

綾香は、果歩の第一審を傍聴するため、電車に乗って東京地裁のある霞が関へ向かっていた。

果歩は薬物所持で逮捕されたが、初犯のため執行猶予が付くのは間違いなさそうだ。釈放後、果歩が再びＡＶ女優の活動を始めるかは分からない。これまでの例で言うと、薬物で逮捕されたＡＶ女優は多かったが、おおむねＡＶの世界に戻ってきているようだった。

裁判を傍聴するのは初めてだったので、綾香は心を躍らせていた。裁判が楽しみというのも不謹慎だったかもしれないが、未知の世界に対する好奇心は抑えられない。

電車のつり革につかまって、裁判に思いを馳せていたとき、肩を叩かれた。その方向を見ると、女の子が立っていた。

身長は綾香よりも10センチぐらい低い。まだ中学生ぐらいに見えるが、帽子をかぶって、真っ黒で大きなサングラスをかけている。年端もいかない少女とサングラスという組み合わせがアンバランスでおかしかった。高そうなバッグを手に持っているが、これもその年にしてはチグハグだった。

「やっぱ、麻生ちゃんやん。久しぶりやなあ」

「え？」

「分からへんの。ああ……これのせいか」

少女はサングラスを外した。見知っている顔がそこにあった。

「うそ。星来ちゃん……」

元ヤクザの大河原に連れられ、猪俣の事務所に数日間泊まっていた星来だった。詐欺でだまし取ったお金を持って逃走した後、どうなったのかは分からなかったが、まさかこんなところで会うとは思わなかった。

「今まで何やってたの？」

「遊んどった。お金、ぎょうさんあるし。あとね、茨城の水族館にも行ったで。サメが泳いどった。やっぱいくら見ても飽きへんわ」

「まだ中学生でしょ。学校行かなきゃダメじゃない」

「ええやん、そんなとこ行ってもええことあらへんし。麻生ちゃんはこれからどこ行くん？」

「裁判傍聴。星来ちゃんも一緒に行く？　ひょっとしたら、今後、あなたも変なことして行くことになるかもしれないし、事前に勉強で」

星来はきょとんとした後、愉快そうに笑った。

「それギャグ？　面白そうやから行くよ。麻生ちゃん、なんか変わったなあ」

自分は変わったのだろうか。よく分からない。

元ヤクザに追われている少女と一緒に裁判傍聴に行くという状況は、冷静に考えるとやけにおかしくて、綾香は笑った。星来はそんな綾香を不思議そうに見つめてきた。

エピローグ

綾香が取材や執筆で携わった原稿は随時、叔父から送られてきている。

ＪＫビジネス、心霊、ホストクラブ……。

綾香がそんな取材をしたのかと想像すると、胸の高鳴りが抑えられない。

〈私の綾香〉がそんなディープなところに入りこんでいるなんて……。

麻生綾香という女に注目したのは、中学を卒業する間近のことだった。それまでは全く気にかけたこともなかった。クラスが違うこともあったし、仮にその名前を言われたところで、そう言えば、そういう生徒もいたかなあと思う程度だっただろう。

そんな綾香が、自分の中で大きな位置を占めるようになったのは、中学3年生の卒業文集を読んだときだった。

その文章は誰が見てもおかしかった。

それは自分のことを書いたものではなく、山崎昭一という名前の担任の先生の目線から書かれたものだった。作文の主語は全て昭一だ。中学三年間の生活が、昭一の目を通して描かれていたのである。

これは何なのだろうか。理解に苦しんだ。

そんな綾香とは偶然にも同じ高校に通うことになった。通学で同じ電車の車両に乗り合わせた際、なぜ、ああいう作文を書いたのか尋ねた。

「先生の目から書くのが、一番、クラスのことをうまく書けると思ったから」

「山崎先生には許可を取ったの？」

「ううん。全然」

このときにはすでに、瞳は何となく脚本家になりたいという思いを抱いていた。そして、綾香が勝手に担任の教師を主人公にして卒業文集の作文を書いたように、自分も、この変な女を観察しながら何か書いてみようと思い至ったのだ。

そして綾香を観察する日々が始まった。

綾香は、自分の興味のないところには見向きもせず、好きな世界だけに入り浸っていた。普通の人たちが、半径50メートルの世界を生きているとすれば、綾香の行動範囲は、半径50センチ程度ぐらいにしか過ぎない。しかし、その狭い範囲の中にあって、綾香はその地底の奥深く、奥深くへと穴を掘り進めているように思えた。

綾香にはどういう世界が見えているのか。その地下には何があるのか。瞳はよく想像した。

瞳は、時おり露悪的に自分が何人もの男ととっかえひっかえ付き合っていることや、サークル内で起こった乱れた人間関係のことを綾香に話してみた。すると、綾香は嫌悪感を顔に滲ませた。そういうときの綾香の反応は面白かった。

あるときから、瞳は、自分の世界に閉じこもっている綾香をその外へ引っ張り出してみたいと考えるようになった。さすがに高校3年間、大学4年間と綾香を観察してきて、何も様変わりしないその姿に飽きてきたこともあった。

そんなとき、ちょうど綾香は就職活動で悩んでいた。

傍から見れば、綾香が内定できないのは当たり前だった。面接では自分の好きな本のことしか話さない。柔軟性がなくて、その視野の狭さはまるで小学生の児童並みだ。面接官が彼女を見たら、まずこの子は社会でまともにやっていけないという判断を下すことだろう。それに気づいていないのは綾香だけだった。

瞳がライターの叔父を紹介しようかと誘いかけてみると、藁にもすがりたい思いの綾香はそれに食らいついてきた。このとき綾香は自分の足元に深く掘り進めていた穴の中から、初めて出てきたのだ。

瞳にとっては思い通りの展開になったものの、果たして、純粋培養のように育ってきた綾香が、あの叔父の事務所で働くことができるのか心許なかった。それに、綾香が怪我を負ったり、再起不能なほど心に傷を負うことは絶対に避けなければならなかった。

瞳は頻繁に叔父と連絡を取り合った。叔父は綾香のことを気にいったようだった。

「あんなピュアな子、今どきなかなかいないぞ。愛はお金で売り買いしてはいけないものですとか、いきなり真顔で言い始めるんだよ。なんか自分がすげえ穢れてる存在に思えてきてさ、惚れちゃいそうになったよ」

「叔父さん、綾香に手を出したらダメだからね。私は、そんな俗な展開は求めてないんだから」

「何だよ。俗な展開っていうのは。おまえにとって、麻生ちゃんは何なんだよ」

自分にとって綾香がどれだけ重要な存在か。叔父は全く分かっていない。もちろん瞳としても説明するつもりは毛頭なかったのだが。


10月の午後、大学のカフェテリアへ行くと、綾香はいつものように奥のテーブルに座っていて、プリントされたゲラに赤字を入れていた。瞳は歩み寄ってその向かい側に座り、尋ねる。

「原稿？」

「うん。塀待ち女って言って、旦那さんとか彼氏が塀の中に入っちゃった女の人のインタビューをまとめているの」

「へえ、面白そう」

〈私の綾香〉が、そんな原稿を書いていることに、瞳は、自分の育てた子供が成長したような感動を覚えてしまう。

「あのさ、瞳、私、謝らないといけないことがあるの」

ふいに綾香から言われ、瞳は戸惑う。

「何、どうしたの。いきなり」

「私ね、瞳は凄く薄っぺらい世界で生きている、軽い女だって思ってた。テニスボールと男にしか興味がないって。でも、猪俣さんが、瞳は優秀なライターで洞察力もあるって言うし、凄いんだなあと思って」

「今、すごい失礼なこと言ってるけど分かってる？」

「ほんと？　ごめん」

瞳はこれ見よがしにため息をついて見せる。

人は表面だけ見ていても分かるわけがない。その人が何を考えているかなど。

おそらく、自分がどういう目で綾香を見ていたか知ると、綾香は仰天することだろう。自分のことを気持ち悪がるかもしれない。瞳がこれまで綾香のことを書き留めた大学ノートは4冊にも及ぶ。ストーカーと言っても過言ではない。

だから、本当は人間の裏側なんて見ないほうがいい。

しかし、そういう汚いところをほじくりだしてしまうのが、叔父のやっているライターという仕事だ。悪趣味としか言いようがない。そして自分にも、そんな叔父の悪趣味さは確実に引き継がれていると瞳は嫌でも思ってしまう。

「ねえ、綾香、たまには学食じゃなくてさ、どっか食べに行かない？」

「うん」

席を立ち、カフェテリアを出た。

10月の陽射しはだいぶ柔らかくて、気持ちのいい青空が広がっていた。

本作は書き下ろしです。

本作品はフィクションです。実際の人物や団体、地域とは一切関係ありません。

TO文庫

ベースメント

2017年1月10日　第1刷発行

著　者　井川楊枝

発行者　本田武市

発行所　TOブックス
〒150-0045 東京都渋谷区神泉町18-8
松濤ハイツ2F
電話03-6452-5678(編集)
　　0120-933-772(営業フリーダイヤル)
FAX03-6452-5680
ホームページ　http://www.tobooks.jp
メール　info@tobooks.jp

フォーマットデザイン　金澤浩二
本文データ製作　TOブックスデザイン室
印刷・製本　中央精版印刷株式会社

Printed in Japan　ISBN978-4-86472-544-6